序曲文化*Overture*

智慧啓蒙・文化創新・閱讀世界

序曲文化*Overture*

智慧啓蒙・文化創新・閱讀世界

序曲文化
Overture

序曲

是

交響樂章的前奏

人生旅程的起點

卓爾智慧的深度演繹與延展

似

風雷乍響

文化創新的隱喻與前兆

以

健康樂活・藝術傳承・歷史宏觀

・

閱讀世界

一個高爾夫球場的建設計劃，意外地讓一隻會說話的狸貓與一位英國紳士成為夥伴，
共同阻止森林被砍伐的命運，在現實與幻象之間，發現神祕的古墓與古文化遺址……
到底什麼才是真實的？這一切都不會是偶然……
狸貓的報恩
帰ってきた Tanuki

C. W. 尼可——著 張維君——譯

我要把這本書和所有的著作，都獻給我的——
恩師、偉大的詩人、我無可取代的朋友、故人——谷川雁。
獻上我的愛與敬意，還有我無可言喻的感謝。

【森活館】出版序

如萬籟俱寂中的一聲宏亮虎嘯

「世界自然基金會」在二〇〇六年所提出的，世界生態系雙年報當中，明確地指出：地球將在二〇五〇年時，面臨生態大崩解。在資源大量耗盡、物種快速消失、廢氣危害加劇的浩劫之下，人類將面臨空前的危機。

五十年之後的地球將會是什麼模樣？現在的我們無法臆測，但美麗的地球正在快速的被人類凌虐、低聲哀嚎，卻是不爭的事實。環境保護的重要性，已經是跨國際、跨領域、跨種族、跨生態的問題了，但居住在台灣這塊島嶼上的我們，環保議題卻永遠是最不受重視的弱勢題材。在國會殿堂中，鮮少聽見有議員爲我們的生態環境振振發聲；在報章媒體中，很少看見深入、有見地的生態環境報導；在出版界，環保書籍更是少得可憐，成了冷門中的冷門書。我不禁要問：爲什麼？是我們不關心自己生活的環境與土地，還是一貫地用鴕鳥心態，來面對這種嚴肅、枯燥、乏味的主題，心裡總是想著：反正事不關己。

然而，五十年很快就會來臨，到時候我們該如何自處？那絕對不會單單只是政府該做的事、學校該做的事、環保專家該做的事，而是你、我面臨生死存亡必須面對、該想、該做的事。

每天早上醒來，我總會站在陽台上，望著對面公園裡滿眼的綠意，欣賞著正在做早操的老人家們，聽著小鳥啁啾的輕快叫聲，簡單而美麗的秩序，隨著從葉縫中灑落的金色陽光，奏起壯麗的交響曲，展開我忙碌的一天。這個小小的美麗公園，即將隨著捷運的開挖而改變風貌，捷運局的工作人員冷靜地告訴我，這整片綠樹將會被盡數砍掉，因爲捷運的通風口將設置在此。

再過不久，當我起床時，將會看見一座碩大、奇醜無比的通風設備，矗立在我的眼前，小鳥不會再站在枝頭啁啾鳴叫；老人家將失去一大片可以散步運動的空間；孩子們的遊樂設施也將因此所剩無幾，冰冷的水泥地將取代美麗的草地，成爲這座公園中最突兀的標的。

還記得剛剛搬進這個社區時，常常帶著孩子在公園裡追著小小的綠色蚱蜢玩耍，觀察著剛剛破土、伸出頭來的小小嫩芽與花苞，飛過頭頂的繽紛彩蝶，總是令孩子呼聲不斷、充滿驚喜。春天時，微風拂過那紅撲撲的小臉頰，總讓我心滿意足，打從心底感激這座小小的社區公園，能讓我的孩子如此健康、快樂的成長。當時，公園的樹都還很小，現在已經高聳茂密、綠意盎然，但不久之後，一切景象都將不同，隨這季節更迭，落花繽紛的美麗景色，將不復得見。

是人類自己的智慧不夠，才讓我們的生活品質沉落了，生命的寬度、向度窄化了，該是大家好好思索環境問題的時刻了，【森活館】於焉誕生。在這個書系當中，我們將和讀者分享各種樂活態度、慢活體驗與健康生活，讓大地的感覺更靠近我們一點，讓生命的律動更動人一點，讓生活的步調更柔緩一點，讓環境的關懷更多一點。

年初，國際環保專家C．W．尼可先生到訪台灣，他告訴我，如果環保書無法成爲暢銷書，那眞的是一件大罪過，因爲，我們得砍掉多少樹木，才能將正確的環保理念深植在讀者心中，化成具體的行動。因此，談健康、說環保的方式都不能再是陳腔濫調、說教述理，它必須鮮活有趣、鞭辟入裡。【森活館】中的書籍，可能是散文，可能是小說，也可能是報導，但我們都希望這些擲地有聲，如萬籟俱寂中一聲宏亮虎嘯的【森活館】叢書，能和您一起攜手爲我們的土地、環境、健康、生活而努力。

高談文化總編輯
許麗雯

目次

男主角
彼得・帕克
高爾夫球場
樹
狸女配角
塔尼雅
狸主角
武人六衛門

1 相遇

如果列車沒有驟然劇烈的搖晃，他應該會一路睡下去吧。

《Japan Times》滑落到腳邊，帕克半睜著眼看了一下四周：這裡是哪裡？當看到「狸丘站」的標示時，他馬上跳了起來。從上層網架取下自己那只陳舊的皮革製手提包，又抓起腳邊的報紙，快速探出即將關上的車門。

他已經睡過頭幾次了？有五次，他一路搭到終點站才被車掌叫醒，每次都花了很多計程車費。這樣重蹈覆轍到一種過分的地步。

讓站務員看過月票並道聲「晚安」後，他踏上回家的小路。初春夜晚的寒氣刺痛著他的肌膚。他把手提包夾在雙腿之間，就像是抱蛋的企鵝般，好空出雙手扣好雨衣，帕克直顫抖。

「早點回家泡個熱水澡吧。」帕克忽然眼前一暗，心臟就像是被敲響的早鐘一樣。路燈、路邊的廣告看板、計程車頂上裝飾著塑膠花的廣告燈，在他眼裡一切都變得歪斜了，他覺得自己好像不屬於這個世界。

他該不會就這樣倒在路上吧……？帕克不由自主地不安了起來。都這把年紀了，如果在這裡睡著，大概會被當作是醉漢吧，人們看到他只會加快腳步走開，一想到這裡，帕克就覺得很可怕。靠著街燈，他緊閉著眼，擦去額上的冷汗。

再睜開眼時，他感覺眼前的小路有些奇怪，但又沒有哪裏有改變。順著這條小路下去，可以看到一家小店和一個酒吧，還有高聳入雲的杉木林道，路的盡頭則是神社。帕克曾經看過這樣的光景。「déjà vu」——這就是所謂的既視感吧？他在狸丘已經住了二十年，他當然看過這景象。

帕克伸了一個懶腰，活動了一下脖子。上完市中心那邊的課程，他就跑到目黑的壽司店去喘口氣，他只喝了一瓶啤酒、兩三杯燒酒就打到回府。這樣一點點酒精，應該還沒有讓他醉倒的能耐。他已經五十幾歲了，啤酒肚也不會輸給貨真價實的狸貓。這位彼得・艾德華・帕克先生，自信就算他再喝下一瓶純麥威士忌，也還是能自己搭電車回家。

他再瞥了眼前的小路一下，先前的歪斜感已經沒有了。車站對面的派出所走出來一個警察，直盯著他瞧。帕克揮了揮手，繼續前進。走了差不多一公里，經過了平交道，隨著警報響起，捲有黃黑塑膠布條的柵欄隨即放了下來。鏘、鏘、鏘。列車伴著尖銳刺耳的警示聲捲起一陣風，往大宮方面疾駛而去。這時，飄來了一陣熟悉的香味。

帕克擁有一個與老狗不相上下的好鼻子，很快地就意會過來，那是用炭火、甜醬油燉煮肉與大蔥的味道。炭火的香氣、又甜又辣的甜醬油燒乾了的氣味，沒錯，這是烤雞肉的味道。他每天都要報到的店裡也有這道菜。每天，他都在那家店裡叫幾串雞肉配酒喝。前妻悅子對此頗有微詞。但即便如此，帕克仍沒有想要改變這個習慣的意思。特別是寒夜，他總會要一瓶燒酒，配上五、六支烤雞肉串。如果碰上談得來的客人，他往往要喝掉半打的燒酒，掃空店裡的烤雞肉串，才肯回家去。

他深吸了一口氣，好香……，他的口水都快流出來了。「算了，去喝酒，叫兩串烤雞肉來吃吧。」帕克想道。

他進了那家店以後，才發現那不是烤雞肉店，而是到處都有的小酒吧。這家店乍看之下似乎開了很久，最近才剛改成烤雞肉店。想著想著，櫃檯裡就出現了一位歐吉桑；他戴著白色的帽子，腰間圍著圍裙，一隻手還在烤雞肉串。他旁邊是一位微胖，看起來相當和藹可親的老板娘。

隨著啪噠啪噠啪噠這樣讓人感覺痛快的聲響，炭火又燃開了。在那上頭，有許多雞肉、皮、雞肝、沙肝、丸子、蔥，除此之外，還有香料獅子唐——在肉串上它後再烤，味道很香！吧台坐了幾位客人，每個人都喝得滿臉通紅，老板娘則是端著酒，周到地招待每一位來客。

因爲吧台已經沒位子了，所以他在角落的小桌子落座。要喝點什麼呢？老闆的女兒趕快來招呼。大概只有十幾歲吧，綁著馬尾的她相當可愛。

「禮子小姐，幫我燙點酒，好嗎？再先給我雞肝、雞翅各一串吧。」他說。

在帕克的視線範圍中，女孩的眉眼看起來有些模糊。他遠遠地從客人們嘈雜的聲音中，聽到了女孩正向父親確認菜單。

「我們沒有這道菜耶……」女孩過來抱歉地跟他說著。這時，一位矮小卻壯碩的中年男子，笑著走了過來。他只用單手，就端來兩盤烤雞肉。帕克盯著他的動作，暗暗想道：好厲害！

「晚安，彼得先生。真是好久不見，您看起來相當不錯呢。我們一起吃吧。」男子把盤子放在桌上後在他的對面坐了下來。盤子裡的烤雞肉，應該足足有八人份吧，這個男人應該是搜刮了店裡所有的雞肉吧。

帕克改變了主意。「既然如此，那來點酒就好。請幫我燙兩瓶酒，再拿兩個杯子來。」

男人搭著話：「唉，我們都多久沒見啦？您看起來沒什麼變嘛。頭髮沒變少，肚子沒大，人也沒胖，就跟那時一模一樣。」

這人是誰呢？帕克努力地扯著記憶的絲線，但他還是想不起來眼前的男人到底叫什麼名字，他也不記得自己曾經見過這個人。

酒送來以後，帕克斟了兩杯，自己先乾了一杯。男人對他笑了笑。這男人應該剛過五十歲吧，他的那口落腮鬍，在日本人裡算是相當罕見。那叢大鬍子裡，還東一處、西一處點綴著若干引人注目的白毛；深褐色的頭髮與他的鬍子恰成對比。他的眼睛閃爍著光輝；當他微笑時，嘴角就會露出一顆小小的白牙，看起來像是犬齒。他的身高約一五五公分左右，他的手不大，但看起來相當靈活。那個男人挺著一個圓滾滾的肚子，直盯著帕克瞧。

「我姓武門——我叫做武人六衛門。你記得嗎？以前啊，你都叫我『阿狸』。那時候我住在上野附近。」

雖然帕克還記得婚前是住在哪裡，但是他還是緩慢地搖了搖頭，因爲他對眼前這人仍然毫無印象。

「那時，土地還很便宜。所以我們搬到裡面一點的地方去，買了一個小小的房子。現在不知道是怎麼回事，地價漲得飛快。」

「的確。」一邊附和著，那男人一邊將酒添滿杯子；然後兩個人一口氣把酒喝乾。

「那我就打開天窗說亮話了。首先，我得向老師您致意。眞多虧了您，高爾夫球場那件事才有辦法解決，大家都很感謝老師的幫忙呢。一旦眞相公開，森被捕只是時間早晚而已了。」

「Bloody Mori」，帕克嘴裡喃喃地抱怨著。沒血沒淚的惡人，那個叫做「森」的人，居然對大自然如此戕害。在那天下第一惡法『遊覽勝地法』實施之後，樹木便一棵棵地被砍倒；原本的林地不是變成高爾夫球場，就是成了滑雪場。那個男人一定收了「回扣」；建設公司、開發者，還有其他撣一撣就跟著出來的鼠輩，恐怕都脫不了關係。

「老師您眞的幫了我們很多忙。但很可惜地，我們沒有門路。」

「也沒有錢。」帕克吐出一口氣。「森那傢伙一定與黑道有掛勾。去查那些穿襯衫打領帶一臉無辜的傢伙們，哪一個私底下不是藏污納垢的。」

「就是說嘛。」

啜著杯子裡的酒，男人說。「流氓嘛，誰不知道，他們只會壓榨那些工人。」

「不過，那片森林可不能讓他們這樣隨意糟蹋。不只是我們，那可是要讓我們的後代子孫，世世代代承繼下去的東西啊。森林是孕育一切的自然之母；森林的主人是生活在森林之中的萬物，絕對不是那些利益薰心的人類！那些政府機關根本沒有權力販賣森林！」

那個男人伸出他那雙小小的手抓著帕克那骨瘦如柴的手臂，猛力地搖著，露出了犬齒。這個男人，像是有點發福的吸血鬼德古拉。

「說得好！那片土地本來就不能賣，這可是很早以前就講好的事啊。把電鋸與推土機帶進這森林的人，總有一天會有報應！」

「沒錯……」帕克說道。

「我們坐在這裡的此時，全國有四百座高爾夫球場正在興建，相關的建設計畫則有上千件。已經建好的，沒有一千也有八百。那些地方以前幾乎都是森林，動物們的家被奪走了；那些全是不能被取代的東西啊。從水土保持來看，森林有很大的功用。森林能夠吸收的水量是草的五倍，森林把水留住並儲存起來，再一點一滴地釋放出去。狸丘的森林也是；它保護我們免於洪水氾濫以及侵蝕之苦，並給我們澄淨的湧泉。但是現在呢？狸丘市已經有百分之九點八七的土地，被高爾夫球場給佔據了。高爾夫球場不是農地，農業法規也不能規範他們。那些傢伙用了除草劑、殺蟲劑，甚至是殺菌劑……什麼藥都用。不只河川被污染，連地下水都會遭殃。環境被破壞之外，人類罹患癌症的機率也一直升高啊，那些年輕人根本就沒注意到這些事！眞是無恥！不，這是犯罪！」

他的聲音不由自主地越來越大，使其他的客人都轉過頭來看他。

帕克一口氣乾了杯子裡的酒，而那男人也是跟著拍桌子應和著。

「我知道、我知道。」

喝乾了兩瓶酒，帕克再度添滿了酒杯。

「沒血沒淚的惡人！」

男人再次探出了身體，對著兀自喃喃抱怨的帕克大吼。

「這時可是那些傢伙納年貢的時候。打破了以前就講好的約定會有什麼後果，他們應該都很清楚吧。以前狸丘的森林是很特別的，連將軍都不會在這裡狩獵，私獵的人可是會被處死呢。這些故事想必您也知道吧。您從以前就對歷史很感興趣，這些典故您一定不陌生，而且您的日文是愈來愈好了。」

愈來愈熱，帕克鬆開領帶，解開襯衫的第一顆釦子。

「把雨衣脫掉就好啦。」

「萬一下雨就麻煩了。」帕克說。然後，他指著眼前的男人。

武人狸與帕克第一次在小
酒館相遇，相談甚歡。

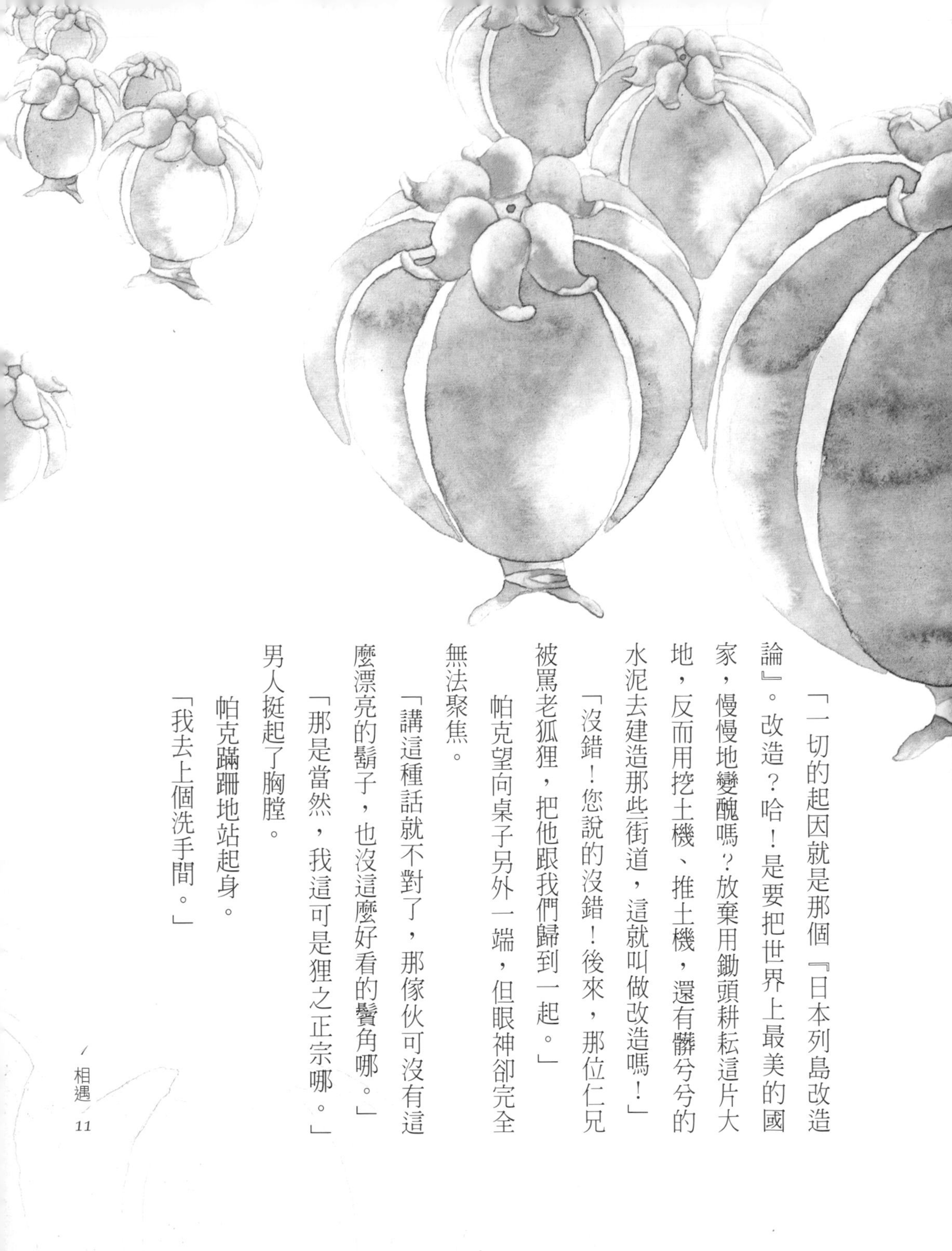

「一切的起因就是那個『日本列島改造論』。改造？哈！是要把世界上最美的國家，慢慢地變醜嗎？放棄用鋤頭耕耘這片大地，反而用挖土機、推土機，還有髒兮兮的水泥去建造那些街道，這就叫做改造嗎！」

「沒錯！您說的沒錯！後來，那位仁兄被罵老狐狸，把他跟我們歸到一起。」

帕克望向桌子另外一端，但眼神卻完全無法聚焦。

「講這種話就不對了，那傢伙可沒有這麼漂亮的鬍子，也沒這麼好看的鬢角哪。」

「那是當然，我這可是狸之正宗哪。」

男人挺起了胸膛。

帕克蹣跚地站起身。

「我去上個洗手間。」

他回到桌子時，剛剛烤雞肉的香味卻已從鼻前消失，整個店在他眼前轉啊轉的，耳邊盡是刺耳的嘈雜聲。帕克猛地又坐下來，一口把杯子裡的殘酒喝乾。

「我該回去了，老婆還在家裡等我……」

話沒說完，帕克突然想起來，他和悅子八年前就已經離婚了。

「無論如何，武人先生……」

「叫我洛基就可以了。」

「多謝你陪我享用美食，還當我說話的對象。」

盤子裡，擱著許多竹籤。帕克不記得自己是什麼時候吃完這些東西的。他想要撈出放在桌下的公事包。但當他將手探入桌下時，他卻有一種很奇異的感覺。這個姓武人的男人怎麼沒有腳？不，不，他應該是盤腿坐著吧？帕克暗自思忖。

抓起公事包，他站起身；這家店又開始天旋地轉了起來。結帳之後，他抓著皮夾慢慢地踱出店門口，他還差點被絆倒兩次。但帕克還是轉啊轉地走出了這家店。那個男人，還跟在他的後頭。

在走出去時，帕克的視線與其他客人交會。吧台上，排著許多杯攙了水的酒，盤子裡裝著小點心，旁邊還有花生醬。

帕克心想，「我知道他們在想什麼，可是有什麼關係？又沒給人添麻煩。」

「看到了嗎？那個男的跟一隻貓在聊天耶，一個人講啊講的。」穿著襯衫的男人，按壓著自己的太陽穴。

「他常常來這裡喝酒嗎？」

「我父親過世後他就再也沒來過了。以前我家還在做烤雞肉店時，他每晚都來這裡。我爸媽都很喜歡他，特別是我爸爸。」

「媽媽桑對那男的可是很在意呢。」這麼一說，客人就笑了。

「也不是啦。當時我還是小孩子。那位客人已經有老婆了；我父親總是稱他『彼得老師』。」

「那個窩囊的男人有老婆？他老婆也眞是可憐。」

「他以前不是這樣的，自從他老婆跑了以後，他才沉溺在酒精裡。不過，他現在好像不常在狸丘喝酒了。」

「如果是那個男的，之前我也見過。」另一個客人也插進來七嘴八舌。「他常常牽一條小狗出來散步，對吧？」

「是條小獵犬。後來不知道被誰毒死了。」

最先扯出這個話題的客人搖了搖頭，「他是英國人。那傢伙很寵那條狗，跟寵小孩差不多。」

「不過，那傢伙怪怪的。」第二個客人說。「兩、三年前的事了吧。那時候已經很晚了，我看到那傢伙帶狗出來散步。我一走出店門就看到了。這條路走到最底，不是有一排販賣機嗎？那傢伙買了酒在那裡喝，還對著販賣機哇啦哇啦地用英文說個沒完，眞是個怪人。」

「今晚更是不得了，居然可以對著一隻貓說個沒完。媽媽桑應該是爲了要應付那個傢伙，才雇了那隻貓吧。」

「怎麼可能，我第一次看到那隻貓呢。我才要開店做生意，那隻貓就黏了過來。我還開鮪魚罐頭給牠吃；不過，我還是頭一次看到那麼胖的貓呢。牠的前後腳反而很長，毛色也雜，黑色裡頭夾雜深淺不一的褐色，身上還有一股奇怪的臭味。」

不過，那位老師一進到店裡來，那隻貓就跟到他那張桌子去，還坐在人家對面，就像是在等他來一樣。後來，那位老師就對著那隻貓聊了起來。」

第三位客人也加入談話。

「我奶奶生前也常常跟她養的貓說話，不過那還好，你們有沒有看到？那傢伙連菸蒂都吃下去。」

媽媽桑禮子搖搖頭，她從前是烤雞肉店老闆的獨生女，現在則是這家酒吧的老闆娘。

「我小的時候那位老師眞的是一個很英俊的男人……而且，也很溫柔……」

這時，彼得・艾德華・帕克已經過了神社，走在小路上。這裡已經看不見霓虹燈，林間一片黑暗。那個瘦小的男人，也一路追了上來。

「帕克，是不是可以看在我們昔日的交情上，讓我去府上打擾一晚？」

帕克停下了腳步。

「可以啊，反正家裡只有我一個人。」

他的前妻悅子已經把行李都帶走了，家裡寬得不得了。

「要找個伴做點什麼的話，就找我吧。我們快點回你家，喝點酒。」男人輕輕地拉著帕克的手。

「好，既然這樣，你就睡和室吧。我去拿客人用的棉被；不好意思，不是很乾淨。沒辦法，老光棍的東西。」

「您不用太過費心。這跟睡在地窖差不多，我早就習慣了。」

雖然聽了有點不高興，但是帕克終究沒有反駁些什麼。這個二層樓的房子久未整理，但還沒被人當作地窖過。

打開門，帕克放下手提包，脫掉鞋子，開燈。他打開廚房的爐子，等會兒就可以洗澡了。大概是因爲酒喝多了的緣故吧，他的頭暈得不得了。是感冒了嗎？除了大學的課程以外，他還帶了譯稿回來看，或許只是太累了吧。

客房裡滿是灰塵。帕克取出客人用的墊被與毯子，還有床單與枕頭套，把客房準備好，但武人仍待在書房盯著書架看。

書房裡的長桌上，放著一台手動打字機。旁邊則是一架望遠鏡。周邊堆滿了稿件，大型化石被當作紙鎮壓在上頭。四面都是書架，架上堆滿了書。而另外一頭，有著許多飛蛾標本的玻璃盒，正好與這些書架成對比。

武人笑著轉過頭，露出他的犬齒。

「我們的事情，被寫成書了。」

「我們？」

武人指著書架上幾本用日文與英文寫成的童書。帕克一開始也是靠這幾本英日對照的書，學著怎麼編寫日文文章，然後才投入童書編譯。武人指著其中一本薄薄的紅皮書。

「我可以看嗎？」

「可以啊，請。」

武人抽出那本書在安樂椅上坐下來，把書攤開在膝蓋上朗讀了起來。

「很久很久以前，有一個聰明親切的老和尚，住在山上松林的寺廟裡。他雖然只有一個人，但他從來不覺得寂寞。因為不論是森林裡的動物、鳥類，或者是村子裡的人，都很喜歡這個和尚……」

武人抬起頭笑著說：「這個和尚真像彼得，雖然你不可能去當和尙啦。」

「給我看看。」帕克拿過書，一頁一頁地翻過去。

沒錯，他想起來了。這是一個學生給他的。那個時候，大家都因爲這件事，笑得很大聲呢。這本書裡有一位與帕克同名的英文老師，跟那個主角一樣，帕克以前也撿過一隻與父母走失的小狸，他也把那隻小狸養大後放回森林。唯一不同的地方是，這本書裡的狸貓，就像傳說中的那些狸貓一樣會變身。「我知道這個作者！」，武人說。

「他住在山上，心情好的時候，他是一個很好的人。不過，如果是第一次見到他的人，可能會覺得他有點難相處吧。他不太喜歡跟人往來，這點也跟你很像。不過……」

「不過什麼？」

「那個男的，是熊爺爺啦。」

「你說什麼？」

「不是只有我們可以化成人形，那個熊爺爺化成人形也好幾年了。我後來聽說那傢伙把我跟他講的事情寫成這本書，眞是過分！不過我只看到前面而已，後面應該也跟我說的差不多吧。」

武人士翻著書，朗聲唸著。

「……一切都從狸貓的腹痛開始。高掛於屋頂上的月亮，看起來就像是一個銀色的大燈籠。英語老師帕克先生在自家的庭院裡走來走去。帕克先生抬頭看著這一片夜空，正當他想起那隻住在月亮裡的兔子時，就在這個時候，他聽到一個奇怪的聲音。」

武人把書闔上，放到一邊去。

「你應該不記得了吧？你遇到我的那個時候……你撿了剛出生的我，還把我帶回家。那是我第一次碰到對我好的人類。如果你想一下我們的事情，你就會發現，很像日本德島縣的傳說。我們狸族就是這樣，你對我有恩，我必銜環以報。既然我回來了，你就安心吧。」

彼得盯著那坐在椅子上的客人看；這才發現他的客人露在嘴邊的那顆犬齒，似乎相當銳利。真要說起來，那應該是好幾年前的事了。帕克在庭院裡發現了一隻倒在地上，發出哀鳴的小狸。當時他馬上把小狸帶進屋裡；先給牠喝溫牛奶、蜂蜜，然後給牠吃人類的腹痛藥。帕克並不是獸醫，所以他也只能做到這樣。

帕克照顧這隻小狸直到牠痊癒爲止。這隻小狸相當調皮，整天在屋子裡外跑來跑去，相當討帕克的歡心。他跟許多人都說過這件事，所以學生一看到這本書，就哄堂大笑了起來。

「這裡頭寫的不是我。我不知道這個作者是誰，我也沒見過他！」

「不，我絕對沒有弄錯，這是你跟我的事。這個作者寫得太誇張了，我還去跟英國女王喝茶咧。這個男的從年初寫到年中……就為了寫這種蠢故事。」

帕克搖搖頭：「我是在作夢嗎？還是我發瘋了，我明明連威士忌都沒喝啊。」

帕克嘟囔著，一邊想到洗澡水就快溢出來了，立刻衝到浴室去；熱水早就從木製澡桶內滿出來，貼滿磁磚的浴室裡，滿是蒸騰的水氣。帕克走回書房，對客人說：

「武人先生，可以洗澡了。」

聽到帕克這麼一說，武人的手在鼻尖搧啊搧的。「大家都叫我洛基，請您也這樣叫我吧。『六衛門』縮減以後就是『洛基』，或者你可以像以前一樣，叫我『阿狸』。我們都認識這麼久了，不要這麼見外啦。」

「這樣的話……洛基，對吧？我就這樣叫你囉。如果你覺得這樣比較好的話。」

就在這個時候，帕克聞到了一股剛才都沒注意到的異臭。異臭的來源，似乎就是眼前這個奇妙的男人。而他，就坐在自己最喜歡的椅子上。

「你知道，我們狸跟猴子可不一樣。大部分的傢伙都不愛洗澡。所以，你先請吧。我在這裡就好。我是說，既然你要去洗澡，我可不可以喝一點睡前酒？」

「那，我就先洗囉，今天眞是好長的一天哪。那邊的櫃子裡有幾瓶不錯的純麥威士忌，你請自便吧。」

那個傢伙已經喝多少了？泡在澡盆裡，帕克有點迷迷糊糊的。在泡過澡以後，上升的體溫會讓人放鬆不少。穿上自己最喜歡的棉布外套，繫上絹製粗腰帶。帕克走到廚房，打開冰箱，拿出一罐冰啤酒，他倒了一杯，走到書房。那個姓武人的矮小男人，已經不在那裡了。

「看起來，要習慣叫他『洛基』，還得過一陣子了……。」

椅子旁邊的小茶几上，擺著一個杯子，還有一瓶喝了一半的十二年純麥威士忌。

歎了一口氣。帕克在那張椅子上坐下，一口氣喝掉杯子裡的冰啤酒。雖說感覺相當爽快，但疲勞依舊。帕克打了幾個呵欠，站起身，把杯子與空瓶放到水槽裡去。然後，上二樓回房睡覺去。那晚他睡了個好覺。好幾個禮拜，他都沒有像今晚這樣，一夜無夢。

第二天，帕克為自己與客人泡了紅茶。他站在樓梯下方，對著二樓喊：

「武人先生——洛基！茶泡好了！」

沒人回答他。帕克逕自登上二樓，就著門縫往裡頭一看，眼珠子差點沒掉出來。躺在床上，枕著枕頭呼呼大睡的，居然不是人，而是一隻毛色甚深的野獸。帕克瞠目結舌，只能抓著門框，撐住身體。原來睡在這張床上的，是一隻大狸。這隻狸不只肥壯，他的毛色很深，而且還有一股強烈的臭味。帕克從來沒見過這樣的龐然大物。眼前的這隻大狸睜開了一隻眼睛，呻吟了一聲。帕克嚇得跳了起來。

「啊，彼得，早啊。我這樣子真是不好意思，不過睡覺的時候就是要用原形睡才舒服嘛。你先下去吧，我馬上來。」

「為、為…為什麼…狸貓會說話！」

狸貓爬了起來，望著帕克。

「會說話又怎麼樣？昨晚我們不是講了一堆話嗎。你先出去吧。等你冷靜一點，我再下去好了。那時候我們再談談作戰的事吧。啊，早餐請給我培根蛋，還有一小片蕃茄，謝謝。」

帕克就這麼張著嘴走出房間。彼得．艾德華．帕克，他曾經是受眾人尊敬的人。不，大半輩子以來，他都是個受到眾人尊敬的人物。雖然他是有點酒精中毒的樣子，但直到現在，在大學裡執教的他，身處於兩種文化當中，寫過兩種文化之間異同的書籍，也寫過相關論文。但在經過剛才的衝擊之後，帕克也不禁想，自己的腦袋是不是出了問題。

帕克下了樓在桌邊坐下，泡了紅茶再加入些許蜂蜜。我非戒酒不可了吧？帕克心想。

2 馬鈴薯大作戰

當武人下樓來時，外型看起來跟昨天沒有兩樣。那件皺巴巴的褐色襯衫、那頭亂髮、以及露出犬齒的笑，都跟昨晚一樣。他一臉清爽地坐到了桌邊。

「你眞的是狸貓嗎？」帕克的口氣與盤問沒有兩樣。

「對啊。你剛剛就知道了吧？我來探望過你好幾次了呢。你要戒酒的那幾晚，是不是都睡不著啊？你記不記得在黑暗中出現過好幾次的臉？就是我。我們狸族不會沒事化爲人形。要是我有那個心，讓你看了忘不了也不是件難事。」

帕克搖了搖頭，忽然想了起來。是啊，那張臉，那張千變萬化、變幻自在的可怕臉孔……。那傢伙一出現，我就做惡夢。但終究他還是投入了啤酒與威士忌的懷抱。

「但是狸貓會變成人這種事，不是在童話故事裡才會出現嗎？眞正的狸貓哪會變身！」

武人得意地笑了。

「所以我說是化成人啊！想想你那些珍貴的蛾吧，到成蟲以前，他們要經過多少次的蛻變？人類也是一樣啊。你那可愛的小悅子，一開始不也是一朵心地善良，楚楚可憐的花嗎？現在呢，卻變成了一個滿身是刺的挑剔歐巴桑。政治家、官僚、爲人夫、爲人妻，有誰能夠倖免於此？鳥、花、蟲類，不也都是這個樣子。水、冰、雪，也是一樣。沒有什麼是不會變的，不，應該說，你舉目所及，沒有什麼是例外的。萬物流轉，此間最上乘者，則非我們狸族莫屬，只是如此而已。所以我才會回來，要把我這一身本領都教給你。」

「爲什麼？爲什麼是我？」

「不要叫成那樣，冷靜一點，把蜂蜜給我。」

帕克把裝有蜂蜜的瓷壺推過去；武人則是飛快地打開瓷壺上的蓋子，伸出他長長的舌頭，舔著裡頭的蜂蜜。而那舌頭扭曲的樣子，則是讓帕克不由自主地求饒了起來。

「啤酒，我得去喝點啤酒。不可能有這種事的……。」

就在他自言自語的時候，那長舌頭還在舔著罐子裡的蜂蜜。帕克搖搖晃晃地走到冰箱前，拿出他最愛的惠比壽啤酒。打開瓶蓋就直接灌了起來。一旁的盤子上，還有他剛煎好的太陽蛋。上頭的蛋黃，就像一隻大眼睛，瞪著帕克沒命地喝著啤酒。而此時武人狸則是「噗」地一聲，放了一個響亮無比的屁。帕克聽到，不由自主地笑了出聲。

「你姓武人，沒錯吧？我看以後我都叫你『噗先生』好了。」

鼻頭上還沾著蜂蜜，這隻狸貓抬起了頭。

「我姓武人，叫做武人六衛門。不過就像我昨天跟你說的一樣，叫我洛基就可以了。」說罷，他又繼續舔起蜂蜜來。

「是，洛基，你會用廁所嗎？」帕克帶著些許嘲諷意味問道。

「謝謝你的好意，我今天在天快亮的時候就已經上過了。我上廁所是很規律的。」

「噢，那我就不用特別跟你說明怎麼使用廁所了吧？雖然我應該要先講才對：馬桶的下面有一塊板子，如果你壓得很用力，那水勢會很大，跟柏青哥沒什麼兩樣。你可要注意一點，別讓下面的東西濺回你身上啊。」

「這您無須擔心。」武人揮了揮他小小的手掌。「我在庭院邊上過了，那裡暗暗的，沒人會注意。」

「你說什麼？」

武人轉過頭，彷彿責備一般地看著帕克。

「你忘了嗎？我還是幼狸的時候，就已經照著我們狸族的規距，找個適合的地方，固定在那裡解決我的排泄問題。對我們而言，那就跟日誌一樣。每天觀察自己的排泄物，還可以了解自己肚子裡的情況。」

「你就饒了我家庭院吧，太臭的話，鄰居都會來抗議的。衛生所的人也會來……」

「彼得！你不可以這樣說。我們狸族之所以會在特定的地點排泄，是因爲那是我們與大自然的約定。我們的糞便可以讓土壤變得肥沃，這可是很重要的。你們人類又怎樣？在自家屋子下面放個大水泥箱子，把自己排出來的東西放在那裡。我們狸族可是有尊嚴的，死都不會做出那種事情來。獾也和狸一樣。誰會想把大便積存在自己家裡啊？一想到就讓人覺得可怕、噁心。一早吃飯你就把這些東西拿出來說？你不嫌髒啊。不對，不只是你而已。人類都應該要了解，他們做了多麼不要臉的事，把自己的排泄物流進河川大海裡，也不管這些髒水會流到哪裡去。以前多好啊，那些東西都不會被浪費掉。眞是可惜！」

「喂、洛基！你剛剛還不是放了個大響屁，那就不算嗎？」

武人放下蜂蜜，用袖口擦了擦自己的鬍子。

「爲了要取得你的諒解，請讓我引用一塊十七世紀某人的墓誌銘——當然，那是人類的東西。是我去英國的時候看到的……『哪裡都無所謂，你就放吧。因爲我已經死了，可以忍受那陣風了』。」

取了另一罐啤酒，帕克喝到後來，乾脆拿威士忌起來灌。然後，他才重新冷靜下來，轉頭看著那個正把培根蛋對半切開的「模擬人類」。

「告訴我，洛基！這是酒精中毒的幻影嗎？還是你眞的可以自由地變身？」

「你在說什麼蠢話，我當然有這個能力啊。我昨天不也是變成現在這個樣子嗎？你記得昨天那家酒吧嗎？端出來的威士忌淡得跟水一樣。我可是把那家店變成以前令人懷念的烤雞肉店呢。」

話說到這裡，帕克想起來了。對喔，昨天的那家烤雞肉店好幾年前就已經不做了。他還去參加老闆的葬禮呢。

「在人類背叛大自然，集中到都市之前，你們之中也有許多人擅長變身術，甚至還有些人向我們狸族學了『變化之術』，那不是什麼特別的事。傳說、民俗舞蹈、音樂、儀式；你要多少例子就有多少。如果你們有好好教導你們的孩子，讓他們了解這些道理，其實也就不難了。不久以前，歐洲還有狼人呢，這你應該知道吧？那是一種很討厭的生物。在非洲，他們被稱為鬣狗男。北美的原住民稱他們為巫師，這些傢伙，都可以變化成其他生物的模樣。大家以前都是這樣互相幫忙的。而在日本，所謂的變化御三家……」

武人數著手指；他的指尖，還有長長的爪子。

「是以我們狸族為首，其次為狐一族，再其次為黃鼠狼一族。至於貂，知道的人就不多了。熊爺爺的事，只有我們知道。」

說到這裡，武人突然笑了起來。

帕克覺得自己似乎進入了一個異次元的世界。

「對了，凱爾特民族裡，也曾經流傳過人類變爲海豹的神話。」

「亞瑟王的故事中，有一位叫做梅林的魔法師，同時也是一位預言者。不過，他其實也是一隻狸貓。我們狸族是越過黑龍江山谷而來的，在很久很久以前，我們跟人類還是親戚呢。」

帕克站起身，又在玻璃杯倒滿一杯威士忌。

「狸丘神社裡祭祀的就是狸。不過，在關東地區，其他的神社祭祀的幾乎都是狐吧？」

「是啊。我們狸族與狐向來不合，也爭戰過幾次。然而，狸丘的森林，是屬於我們狸族的，從將軍時代以來就是如此。這是因爲，有一隻狸化身爲將軍的家臣，後來牠把大家都很重視的鷹給拔毛烤來吃，所以牠逃走了。但在那之後，牠仍常常指點人們好的獵場在哪裡，後來才發現，欸，怎麼會是在狐狸的地盤。所以後來這片森林才成爲我們狸族的，連帶那個神社所祭祀的也不是狐狸，而是狸。

我們狸族，不像狐狸，只懂得炫耀。我們的『七變化』可不會拿去騙小孩。老實說，最讓我們無法忍受的，就是那些狐狸往往連好人都騙，我們狸族可不同，沒有立即性的危險，誰會做這種事？不過……

「……能不能再給我一片培根?」

帕克去煎培根,武人則繼續往下說。

「您應該知道弘法大師的故事吧?距今一千三百年前,有一隻狐狸,化成行腳當中的弘法大師。就在這裡,弘法大師說,要把這裡森林裡頭的狐狸全都掃空,狐一族才與野狼產生了一場大戰呢。以前這裡有很多狼的——除了狼與狐狸外,也還有其他許多動物在這裡生活。我們狸族則是待在巢穴當中避風頭。」

帕克把培根裝進盤子裡。

「哪,洛基……如果這是眞的,如果我的腦袋眞的沒有出問題,那你爲什麼會出現在這裡?你想做什麼?」

武人一口吃下了培根,然後用身上的背心擦去指尖的油脂,說道:

「聽好了,彼得,我們一直都在看著你。從你來狸丘之後,我們就一直看著你。你那個把蛾排在一起,用大頭針刺穿固定的嗜好實在是不怎麼樣。不過除此之外,你還算是個好人。我們都認識二十幾年了,現在啊,連我們狸族中的其他同伴也都很喜歡你。大家都很感謝你努力挽救狸丘的森林，所以，你是我們最信任的人。你絕對會是我們的助力，是我們革命與復仇的力量，對吧？」

「革命？你是說，你們要把一切都搶回來？」

「您說笑了。我是說，我們要進行一場不流血的革命。我們要向人類報復。人類，總是爲了他們的私慾，破壞自然環境。大自然眞的要默默地繼續忍受下去嗎？人類想死自己死就好了，雖然很悲哀，但是我們也只能聳聳肩說聲『請隨意』。不過，現在連我們都被牽扯進去了。

你知道大地女神——蓋婭嗎？如果她要從頭開始重建這個世界，那得花上大把時間。誰能保證重新創造出來的世界，會跟現在一樣？萬一她一不小心造出一隻巨大的蜥蜴？或是具有知性的阿米巴原蟲，那怎麼辦？我們可不能袖手旁觀。除此之外，我們還有許多伙伴，被人類從原來的居所給趕出來。就算是在狸丘，我們長年居住利用的巢穴與獵場，也逐漸被破壞殆盡。我們必須奮起！這是我們的使命，而你，就是我們選中的夥伴。」

「爲什麼是我？」

「這附近的人都知道，你是一個人畜無害的怪人。但在這個國家裡，一個中年外國男人無論做什麼事都會引人注目。像你這樣喝得醺醺的，抓著露出眞身的我說個沒完，也不會有誰會把他當作一回事。」

「原來如此。」

帕克又在自己的杯子裡倒滿了酒。

「哪，要不要來？我們已經有四分之一的夥伴掘土回到地面上了。反正不管我們怎麼陳情抗議，對那些人而言，都只是耳邊風而已。」

「哼！」武人狸說。

「紙條告示牌有屁用？馬鈴薯作戰，從今天就開始！」

「什麼？馬鈴薯？」

「沒錯，馬鈴薯。我們要先準備一個登山背包。你不是常常在晚上到森林裡去補蛾嗎？你揹那個去就可以了。你要在背包裡頭放進一堆大顆的馬鈴薯……，還有一根木棒。」

「等等，你是要用馬鈴薯去砸那些工人嗎？那我要退出。這不是工人的錯吧？他們只是聽命行事啊，還有，我要是讓你生氣了怎麼辦？你那些夥伴不是很可怕嗎？不好意思，我不幹。」

「喂，彼得，拜託你把話聽完好不好？這可是最高層級的作戰策略，才不是像你說的，用馬鈴薯去打人咧。快啦，快去準備。還是，你要把那瓶酒喝光，繼續當個沒用的酒鬼？」

聽到武人的最後一句話，讓帕克趕緊站起來換上外出服，穿上格子襯衫、披上他最好的獵裝、老舊的燈心絨製燈籠褲、套上長靴。然後，戴上那頂飾有雉雞羽毛的漂亮綠色帽子。他在玄關處揹上背包，等著他的同伴。

武人狸隨後也跟著出現。他看了看帕克：

「很好、很好。你準備了幾個馬鈴薯？」

「一個都沒有。本來有三個，但星期天的時候吃光了。」

武人狸從庭院裡撿回一枝樹枝，敲了敲帕克的肩膀。

「去拿你的望遠鏡。沒那東西你怎麼看得到？馬鈴薯的話，我們等一下要去市政府，路上會經過蔬果店，去那邊買就好了。快點、快點。」

帕克跟著快步向前走的夥伴，往溫暖的陽光前進。在這時候，帕克注意到武人走路的樣子很奇怪，好像他如果不扭腰擺臀，他的腳就沒辦法移動似的。他搖搖晃晃看起來靠不住的腳步，卻非常快速。當他們抵達蔬果店時，帕克已經快喘不過氣來了。

「歡迎光臨！」店老闆的大嗓門隨即傳過來。

「這位太太，我們店裡進了很好吃的草莓喔！又大又漂亮，要不要來一點啊？」

這些話是朝著武人狸說的。沖著一個穿著褐色襯衫的男人叫「太太」？武人狸的臉上，露出一抹和藹可親的微笑。

「帕克，拜託你去選一些又大又漂亮的馬鈴薯好嗎？」

帕克看著武人狸那張不在乎的臉，壓低了聲音問他：

「他叫你『太太』耶？」

趁著老闆正在招呼其他客人的時候，武人狸開口說：

「對啊，我變化了一下。現在能夠看到我的，只有你而已。所以你趕快去挑馬鈴薯吧。」

帕克邊挑起大顆馬鈴薯，邊告訴自己，可不能把旁邊那幾個漂亮的馬鈴薯一起丟進來。他在心中歎息著；如果馬鈴薯曬到太陽，就會開始發綠，產生毒性，連味道也會變差。拿出皮夾，帕克付了馬鈴薯的錢。

看著這兩個人離開的背影，店老闆轉過頭問站在身邊的妻子。

「那個女的是誰啊？是那個外國人的老婆嗎？」

「不是啦，那不是他老婆。」

老闆娘笑說。

「他的夫人很瘦，頭髮很長。剛才那個人，看起來跟那位先生年紀差不多，樣子也差不多，他們應該是親戚吧。」

老闆則是皺了皺鼻子。

「你不覺得很臭嗎？像是什麼東西爛掉了。」

「應該是放屁蟲飛進哪個箱子了吧。」

看著店前一群主婦聚在店前挑菜，蔬果店的老闆與老闆娘轉眼就忘了那股臭味的事。

帕克與武人狸一起來到了市政府，市府前停車場上停著十二台黑頭高級車，有些司機放下座椅，坐在車子裡呼呼大睡。在那棟灰色的陰暗建築物中，有人正在密談。其中，有大政治家、祕書、市長、某大建設公司的代表三人，還有銀行的人。他們絞盡腦汁想賣出新高爾夫球場的會員證。情況還算順利，因爲這個高爾夫球場位於東京近郊，把會員資格當作是投資的人也不在少數。沒有人只是爲了要打高爾夫球，才去買這種高價品。除此之外，今日的會談多少有些違法律，爲了提防有人帶錄音機進去，外面有警衛，進去的人都要經過詳細的搜身。

負責打掃停車場的老人，這時看到兩個奇怪的人，一個中年外國人，穿著與這個地方格格不入，另外一人是穿褐色毛衣的矮胖少年，他們在玩接球遊戲。

「好，再放一個馬鈴薯，快！」

武人狸拿了一個馬鈴薯，躲在黑頭車後方。他把馬鈴薯塞進車子的排氣管內，然後再用棒子把馬鈴薯推到深處去。

「再給我兩個。」

武人狸說道，帕克快速地把馬鈴薯傳給他。如果在排氣管裡塞進馬鈴薯，那車子就沒辦法發動了。

搞定了以後，這一人一狸悠閒地離開停車場。

「這就是你說的大事？」帕克說。

「對啊。你知道這是怎麼一回事？那裡頭除了銀行經理外，還有幾個政治人物，這些傢伙等一下要去赤坂的餐廳，他們跟執政黨的頭子約好了。在餐廳裡應該還有一個人會列席，聽完簡報後，就回去向投資高爾夫球場的黑道大哥報告進度。對他們來說，這個聚會很重要。在赤坂等他們的老頭子很忙，也沒什麼耐心，這麼一耽擱，你想那些傢伙的計畫還能實行嗎？」

「你怎麼知道他們要開會？」

「烏鴉告訴我的。那些傢伙逃不出他們的眼睛；尤其是東京的烏鴉，眼睛最利了。有人在地上丟個菸蒂也逃不過牠們的眼睛。就連你的事也是一樣，牠們可都在看著呢。」

原來如此，烏鴉是到處都有的……，帕克思忖著。

上午十一點。這十二個人從市政府走出來，司機爲他們打開車門，各自魚貫地進入了車內。而這些高級黑頭車發動時，卻傳來砰砰的兩聲，引來司機們面面相覷。他們下車查看引擎。不看則已，一

武人狸與帕克偷偷地將馬鈴薯塞
到車子的排氣管中。

看，就發現他們的車都掛了。而坐在車裡的那些男人，則是大發雷霆。有幾個人開始打電話，沒有多久，這些男人都搭計程車離去。

帕克追在夥伴的後面，注意到他們已經通過神社，走到那條剛拓寬的道路上。帕克還記得他住在狸丘的時候，這道路的兩旁有高大的樹木。樹影灑在窄道上，旁邊還有三棟稻草屋頂的農舍。另一旁，則是伸手可及的廣大農田。如今那些樹木與那幾戶農家都不復存在。那幾片殘存的遺跡旁，緊連著幾棟房子。現代的美容院，隔壁是洗衣店。轉角那家則是蛋糕店。住在這裡的人幾乎都不和鄰居打招呼。雖然都市人口慢慢外流到郊區，但增加的只有居民的數目，人與人之間，還是毫無人情味可言。

穿過那一列房子，繞過街角，眼前突然出現一條彎曲的小路。這一人一狸，隨即踏上了這條小路。

「你剛來這裡的時候，這附近都還是農田啊。」武人狸開口道，他對這裡似乎很熟悉。「再過去那裡，從前也是森林。以前被開墾爲農田的時候，我們可不擔心。那時候的農業，跟現在大規模機械性的農耕方式不一樣，到處都是我們的廚房，水溝裡有泥鰍、田裡有好吃的田螺，人們也會留點東西給我們吃，下田的時候，小寶寶會被他們帶在一旁。以前也沒人使用農藥。肥料就用家畜的糞便、落葉、燒過的灰。我們動物也會幫忙。鳥、蝙蝠、蜻蜓、大胡蜂、蜘蛛……，大家都能對抑制田裡的害蟲盡一份力量。

人們常常到山裡去採山菜與香菇，需要柴火的話也不需要柴刀，枝柴俯拾即是。再加上那時候還有燒炭小屋，由於燒炭的煙可以讓芋

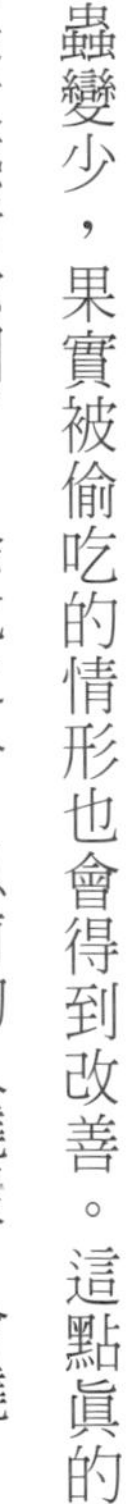

蟲變少，果實被偷吃的情形也會得到改善。這點眞的是太感謝你們了。除此之外，以前的人燒炭，會燒出很多酸來，這些酸可以做成農藥。然而藉由『木醋』，土壤中的有益菌會更加活躍，農作物也會生長得更好呢。雖然那是個很辛苦的年代，但是大家都努力地活著，每天都樂在其中。現在呢？人們只顧自己和自己的房子。」

武人狸停下腳步，手叉著腰四處張望。

任務完成後，兩人談論著狸丘的變化。

「帕克，你爲什麼一直追著蛾跑？你明明知道你老婆很討厭你這樣。」

「唉，」帕克一聽到武人狸這麼問，臉色變了。「說來話長。」

就在此時，他們聽見了電鋸聲。

「混帳！我要教訓那些傢伙！照他們與環保署之間的協定，森林應該至少要留下一半才對！不過，約簽完後，那些傢伙也不會特地從東京跑過來看。什麼環境保護，都只是嘴巴上說說而已！這些事總是不停地輪迴著，走了！」

武人狸加快腳步，甚至開始小跑步。帕克則是喘著氣，趕上武人狸的腳步。然而展現在眼前的，卻是一片悽慘的光景。樹木被砍得亂七八糟，土壤也被污染。工人在地上打上鐵樁，拉上黑黃相間的封鎖線。有幾台車停在附近。兩台小型卡車停在不遠處；推土機熄了火，工人在上面叼著煙，翻著手中的雜誌。有三個男人站在那裡，拿電鋸的站在最中間。山毛櫸、山櫻花、無花果、楓樹、栗樹……，這些才剛開始長出新芽的樹木，連根都被挖了出來。

「太過分了！」

帕克一邊叫著，一邊從背包裡拿出相機來，衝入封鎖線，連續按下快門。監工看到他，趕忙衝過來制止。

「這裡禁止攝影！請不要隨意進入！」

看到帕克根本就沒有要理會的意思，監工的嗓門也跟著大聲了起來。

「喂！你聽到沒有！不行、不行！不准拍！喂！」

「喂什麼喂，我跟你那倒楣的老婆不一樣！」帕克罵了回去。

「幾百年前，這裡可是大家的森林哪！現在居然被你們破壞成這樣！你們眞丟臉，知不知道羞恥啊！」

監工呆立在原地，氣得渾身發抖。現場的氣氛爲之緊張，電鋸聲停了下來，推土機上的工人也放下雜誌抬起了頭，注意到這裡好像有什麼事發生了。

「出去！」監工破口大罵。

「這裡是建設工地，除了相關人員之外，其他人都禁止進入！你知不知道這裡很危險啊，還有你的底片，交出來！」

「混蛋，你們這算哪門子建設啊，這是破壞吧！」

推開想要搶奪相機而撲上來的監工，帕克看著他就這麼跌坐在地上……。帕克心裡想著：

「慘了，事情鬧大了。」

而監工則是搖搖晃晃地站起來，紅著臉握緊拳頭，一臉想要置他於死地的樣子。

「發生了什麼事？」眾人轉頭一看，原來是警察。不知是什麼時候出現的……。矮胖的身材，再加上一口大鬍子，圓圓的小眼，看起來相當開朗。

「不好意思，可以讓我看一下你的證件嗎？」

在警察的要求下，他馬上從皮夾裡拿出證件。

「這個人闖入工地引起騷動，侮辱我們，還妨礙工程進度！」監工一邊激烈指責，一邊轉過頭，對著拿著電鋸站在那裡的三個工人怒吼。「看什麼，還不快去工作！」

其中一個工人扯動馬達，電鋸又開始發出巨大的聲響。

「把那東西關掉！」

警察先生大聲喝斥，並把證件還給帕克。

「帕克先生，您的皮夾裡應該還有一份證件吧，不好意思，可以讓我看看嗎？」

帕克一時沒意識到警察在說什麼，他把皮夾交給警察，警察從皮夾裡抽出一張卡片，上頭印有一行燙金字體。那東西連帕克自己都沒看過。

「啊，果然。」

警察把那張卡塞到監工面前。

「這位先生，是聯合國國際環境協會的成員，特別視察官彼得・艾德華・帕克先生。」

這位警察馬上立正向帕克行了個禮，才把卡片還給他。他一臉嚴肅地轉過頭看著監工。

「你應該知道這位先生的身份了。堂堂聯合國的視察官，你不讓他進去？這眞是豈有此理。你是想要傷害我們的國際形象嗎？我看我應該逮捕你。還有，在我來這裡的路上，許多居民都跟我抱怨噪音擾民。你們大概就是因爲這樣，所以要阻礙聯合國的視察官來這裡調查吧。」

「這個男的剛才把我撞倒了！」

監工還是一臉憤怒。然而，眼前這位警察，卻是重重地戳著他的胸膛。

「你看到了嗎？警察先生，我是一個外國執法人員，這位男士對我使用暴力。這是妨礙公務啊。」

「當然，我都看到了。他想要攻擊您哪，我就是證人！」

無言以對的監工，此時只能任由警察去說。「你叫什麼名字？還不快點去叫工人都過來集合，在這裡排成一列！」

然後，這位警察轉過頭看著帕克。

「你剛剛說過，對於保存地球上物種多樣性這件事，我們都應該有共識。」

「誠如你所言。之前在巴西所召開的地球高峰會當中，曾發表『地球憲章』，所有參與的國家都宣誓，要保存地球上物種的多樣性。但是這些人卻拼命地砍伐這裡的樹木。這裡的每一顆樹都棲息著上百種的昆蟲，一旦遭到砍伐，他們該何去何從？除了昆蟲外，這裡還棲息著許多鳥類與爬蟲類。那裡還有狸貓的巢穴。你們到保護區開發，可以算是國際性的犯罪行爲！」

不知什麼時候開始，封鎖線外已經聚集了幾個附近居民。三個主婦，一個牽著狗的老人，而警察則是微笑地看著他們。

「各位不要擔心。你們說這裡很吵，所以我先過來看看，沒想到這些傢伙連聯合國環境部會的視察官都不放在眼裡。眞是無法無天。」

「我除了擔任視察官，我還兼任抑制溫室效應及致癌物質・特別調察委員會的會長。除了視察，我還要調查這裡的自然環境狀態，以及當地政府是否努力地在保護地球環境。你們知道吧？物種多樣性條約、拉姆薩爾條約……。」

站在一旁，帕克開口補充著。

而這位警察便從監工開始一個一個訊問。三個工人、推土機的駕駛員，每一個人的住址、姓名、年齡、電話、公司，都被詳細盤查。工人們敢怒不敢言，一旁的主婦們則是七嘴八舌地指責他們。

「居然把這些漂亮的樹木全都砍掉了？」

「一天到晚都吵死人！」

「電視在講什麼都聽不到了啦！」

「以前我們都會去森林裡採香菇，」老人說。「放進味噌湯裡，好好吃啊。」

此時老人的小狗趨前嗅了下警察身上的臭味，就馬上就跳回主人身邊大聲吠叫，好像是要告訴主人什麼事一樣。

這位警察轉過頭，看著帕克說道：

「是否可以請您調查那幾具推土機的排氣量呢。」

「沒問題。」帕克走向推土機，關掉引擎，警察又重新開始訊問那些工人，趁著眾人的注意力都集中在警察身上，帕克走到推土機後，從背包裡取出最後幾個馬鈴薯，塞到排氣管裡去。

「一氧化碳過多，會對人體健康產生嚴重的傷害。光是這樣排放廢氣，就已經是相當惡質的行爲了。」

那隻狗還是叫個不停。老人拿出拐杖打了牠幾下，警察的臉上則浮出一抹竊笑。不知不覺中，聚集在這裡的家庭主婦已經愈來愈多。

帕克輕聲向老人及婦人們解釋，然後轉頭向警察致意。

「謝謝您的幫忙。」

帕克又從容不迫地對衆人說：

「謝謝大家一起來關心這個地球。你們才是有國際觀的人，你們是全國的榮耀。接下來，我得趕緊把報告完成。晚一點，我與總理大臣有約。」帕克笑了笑。

「總理也十分痛心地球的溫室效應。身爲亞洲先進國家的一員，我們都必須體認到，我們的森林居然都成了污染源！這是多麼嚴重的事啊！」

帕克慷慨陳詞的同時，警察已經寫好公文交給監工。

「這次讓你們停工二十四小時。如果你們還是拒絕視察官的好意，就要考慮改改你們的工程藍圖了。」

監工張大嘴，看著手上的公文。

「得去跟署長報告才行。」

聽到警察這麼說，帕克也跟著向在場主婦以及老人微笑致意。

「各位，如果可以中止這個計畫，那麼春天就離我們不遠了！如果這裡眞的建了高爾夫球場，大量的化學藥品就會散佈出來，不只是水而已，空氣也會受到影響。長久下來可能造成肺癌或是肝癌。那時我們就必須在大晴天關起窗戶，喝水只能喝罐裝水。你們還有人在使用井水對不對？眞是令人感到憂心啊。雖然大家都想把事情做好，不過沒有注意的地方實在太多了。」

警察一把拉過帕克。

「視察官，我幫您叫部車。」

把帕克推離現場，這位警察一邊壓低聲音，對帕克說：

「帕克，演得太過火囉。」

「你還不是一樣。哪有穿茶色靴子的警察？還有那個鬢角？」

「哪能事事都稱心如意啊。別再挑剔了，我們回去再講。」

而監工則是一臉茫然地看著手上那塊山毛櫸樹皮。

眨眼之間，這位「警察」已經換回他的茶色襯衫，熟悉的「洛基」又出現在他眼前。

「接下來要怎麼辦？」

「回家，我們有一堆電話要打呢。那些『主婦』一定會在電話裡大力稱讚這位警察認眞勤勉……，不對，武人太難記了，所以我說我是田中。如果是田中，搞不好眞的會有人打電話。啊，應該還有幾通是抱怨電鋸與推土機聲音太吵的。」

「你還可以變聲啊？」

武人狸放聲大笑。

「早餐前可以。啊！我想喝啤酒！」

不管是聲音，或者是說話的表情，都是十足的帕克樣，像到嚇人的地步。

「哈哈！」這兩個人便互挽著胳膊，一起踏上歸途。

3 蛾之瓶

狸丘的警察局就在市政府對面。這天森市長親自來訪，原因是爲了要警局私底下去處理某事。而那「某事」就是之前工地的。因爲工程受到阻礙，所以建設公司的老闆致電市長辦公室大肆抱怨，說因爲進度延宕的關係，遭受莫大的損失……等等，快點找出那個鬧事的警察來處分他！但是，那個自稱是聯合國視察官的外國人到底是誰？爲什麼一個外國人可以到狸丘來胡鬧！

代局長老老實實地聽市長抱怨，一邊記錄著。雖然他並不喜歡市長，也無法同情他。但既然是市長，他就不能失禮。森市長從剛剛就在抱怨，那位對「善良的工人們」傲慢無比的警察應該被譴責。代局長一邊泡茶，一邊耐著性子聽下去。

「市長，我了解您的意思。本局員警如果有越權情事，我們當然會處分他。不過現在的問題是，我們局裡並沒有這位員警。」

「那麼那個傢伙是從哪裡來的？不然你找負責那個地方的人出來，讓他負責！」

把茶匙用力地摔在桌上，市長才要開口講話，桌上的電話就響了。代局長道：「市長，您說的事情，我會盡快幫您處理。」

「那就交給你了。」市長站起身，連個招呼都沒打便逕自離開。代局長看著市長離去的背影，接起電話；又是當地居民打來抱怨的。電話裡聽起來上了年紀的女聲，開口就抱怨高爾夫球場工程的噪音太大。打電話來的都是一些主婦，申訴內容也不外乎工程噪音太吵，來往的卡車把泥巴弄得到處都是，不然就是司機把車停在家門口一整晚，其中也有幾通是稱讚「田中」警員的電話。

這個「田中」到底是誰？但是局裡姓田中的警員，當天並沒有去狸丘，就連那個謊稱是聯合國視察官的外國人，也不是那麼容易就查得出來的。因爲有很多外國人住在狸丘，若眞要找出來，非得一個一個找來問不可。環保團體日前遞出了陳情書，抗議這個高爾夫球場工程。那份陳情書上，有好幾千個日本人簽了名，還有超過三百個外國人也署名了。這可是當時的大新聞呢。

這時，一隻大烏鴉就停在警局外的電線桿上，牠漆黑的眼瞳注視著警局裡的動靜。而市長與代局長之間的對談，也一字不漏地傳入了牠的耳裡。看著市長離開警局。大烏鴉朝著市長「嘎嘎」地尖叫了兩聲之後飛走了。

這個時候，代局長拿出了老婆做的愛心便當。拆開包在便當外的報紙，順便從裡頭抽出筷子來。「善良的工人們」？他嗤之以鼻。那個工程背後，根本都是滿天飛的謠言。內線交易、賄賂、超收會員，這些流言他都聽在耳裡。雖然他對這些人很生氣，不過，上頭沒說話，他也不能做什麼。否則要是一個不注意，倒楣的可是他們。這位代局長熱心、極富正義感，已婚的他，有兩個孩子，在他成爲警官以前，最大的興趣就是溪釣、爬山、露營。現在他還是很喜歡戶外活動。這裡的兩條河川都是費了九牛二虎之力，才得以保持這樣的美景……。如果眞的蓋了高爾夫球場，對這兩條河川都是一大浩劫。如果涵養水源的森林消失，河川自然就會枯竭。但身爲一名警官，他是沒有辦法去參加任何反對運動，或者是在政治層面上有所發言。

還沒中午，一通從東京警視廳打來的電話。代局長記得這個聲音。那是他父親任職警官時的同僚，他比自己的父親小五歲，他的父親退休了，而這位前輩卻一路爬到高位。

「不錯嘛，你聽起來還滿有精神的。沒事，問問你的近況，不要太緊張。你老爸怎麼樣？沒什麼變吧？」

「托您的福，家父家母的身體都很好。」代理局長說。「是，我老婆還是那個樣子，有時間就畫畫。女兒六歲了，小兒子也兩歲了。」

一面與這位老前輩話家常，代局長一邊思忖著，這位長官打電話來究竟有何要事。果不其然，沒多久對方就提到，近來爲了建造那個高爾夫球場，有許多官員都被傳說有收賄的情形。而在同一時間，檢調查單位也開始查那些與政界、建築業者有掛鉤的黑道集團。啊，啊，終於——代局長在心中歡呼。

「我想先跟你說一下會比較好；你知道就行了，可不要再往外說啊。我們目前正在你的轄區內進行祕密搜查。不過內閣那裡有大人在施壓……」

「原來如此。」

「你保持常態就可以了，不過請小心行事。要委屈你一點，如果那些政客施壓的話，你可不要屈服啊，就這樣，代我跟你的家人問好。」

說罷就收線了。代局長慢慢地放回話筒。他啃了一口醃蘿蔔，兀自進入沉思當中。

在帕克家裡，武人狸掛回了手上的話筒，對著鼓掌叫好的同伴笑了笑。他剛還在模仿資深警官的低沉嗓音，一掛掉電話，他的聲音馬上回來了。

「所以，彼得，爲了要謝謝烏鴉給我們的情報，你弄六條淋上美乃滋的臘腸給牠們作謝禮吧。放在院子裡的水盤上就可以了，烏鴉很喜歡美乃滋呢。」

帕克倒了一杯冰啤酒，一邊看著窗外的庭院。院子裡每隔著幾公尺就種有幾棵小小的松樹。松樹枝椏上，停著兩隻烏鴉，直盯著這裡瞧。

「你剛剛說的那些話，都是從烏鴉那裡聽來的？」

「對啊。彼得，幫我倒一杯啤酒吧。」

「好啊。」帕克推過酒瓶。「你要找人說話，去跟哈威說比較好。」

「哈威？」

「對啊。那是我小時候看過的電影；男主角一天二十四小時都帶著一隻很大的兔子，那隻兔子名叫哈威。電影裡，除了這個主角外，沒有人看得到哈威。那時候我還不知道是什麼意思，後來我知道了，那是主角的想像。」

「喂喂，彼得，你可別拿我跟那個哈威相提並論！你明明知道，誰都可以看得見我！」

「那你眼中的我，又是什麼模樣？」帕克問道。

「一隻白內障的貓頭鷹。」武人笑著說。「你的眼鏡鏡片是不是已經看不清楚了？」

「要看清楚眼前的現實？那眞是太可怕了。」帕克繃著臉說。

「唉呀，別那麼說嘛，你再多喝兩杯，打起精神來。你就會慢慢習慣我在你身邊的，在任務結束以前我都不會離開你。一開始我就說啦，我們要去找樂子，還要到處去冒險呢！」

「你是說眞的？不是哪個住在山裡頭殼壞掉的作家寫的小說？」

武人狸先是爲帕克斟滿酒，然後就著瓶口把剩下的酒喝乾。然放下酒瓶，吐出一口大氣，滿意地笑了。

「你是說那個主角跑去加拿大跟非洲的故事？那個是人寫出來的故事沒錯，但那可不全是瞎掰的。你記得我們相遇的那個晚上嗎？你讓我坐在膝蓋上，一邊唱那首『誠證寺的狸貓』，一邊用湯匙餵我加了蜂蜜的牛奶，當作是治療我腹痛的藥。然後你用英語、加拿大、非洲等地的語言跟我說話。因爲平常都沒有人陪你說英文吧？你是從那個時候開始叫我『阿狸』的吧。其實，那時，我已經去過歐洲、俄國、蒙古，我連中國都去過了。我們狸族原來只居住在戀愛谷與日本兩地。有些小鬼被人類抓起來，目的是要牠們的毛皮。有些傢伙知道自己會死，所以拚了命也要逃出來。所以，我們狸族就這樣四散到世界各地去。」

「每隻狸都能夠化成人形，變換形態，改變自己的聲音嗎？我想起來了，那時候的你只是一隻尖牙利嘴，只會惡作劇的小鬼頭。不過現在呢，我卻開始懷疑我看到的是不是幻覺。說不定是因爲酒的關係，所以才有這種錯覺。」帕克一口喝乾了杯子裡的酒，瞇起眼，看著武人狸。

「彼得，你相信這個世界裡，有所謂的『正』與『負』嗎？」

武人狸揮動著他胖胖的手指，在半空中劃出一個十字。然後特別比劃出那個橫的部份。帕克點點頭，武人狸便接著往下說。

「就是那個地方；那是『正』與『負』的縫隙，是個很特別的地方。我們這種大狸——能任意變化的狸中佼佼者，就是在那裡出入。不過就算是狸族，有我們這等本事的也算少數。大部分的傢伙還是守著自己的巢穴，很少離開。但是你猜這是怎麼回事？你看看我的同伴們所居住的森林！到哪裡都一樣；人類砍倒樹木，在地上挖一個大洞，把所有的垃圾都倒進去。污染物就此傳開，貓狗們都生病了。我們狸族也跟著倒楣，一大堆狸都跟著生病，有的傢伙連毛都掉光了。

以前，再蠢的狸都知道什麼能吃、什麼不能吃。大家都知道生病了該吃哪種藥草或是植物，不只是我們狸族，其他的野生動物也都差不多。『傳統』這東西，正從野生動物的認知當中消失。在我們看不到的地方，一個極大的悲劇正在發生。最後的結果，將會恐怖到難以想像的地步！連你最喜歡的蛾也無法逃過一劫。

但是，彼得，你爲什麼對那些蛾會那麼熱中啊？我知道有些蛾是可以吃的，熊或者是松鼠偶爾也會抓蛾來吃。不過有毒的蛾還是佔了大多數。這些蛾會造成過敏反應，會讓人打噴嚏。所以我一直很好奇，這些蛾到底是有什麼魅力，可以讓你那麼癡迷？」

「我在英國牛津大學唸的是生物系，而我也是從那時開始，對東方文化產生很大的興趣。絹、布是人類所擁有最美、最實用的東西。我想知道，一隻昆蟲是怎麼樣造出那樣美麗的圖案來。剛好，我的指導教授也對Lepidoptera很有興趣。」

「雷劈多古塔？那是誰啊？」

「不是，我是說Lepidoptera，那是拉丁語，也就是『鱗翅類』——蝶、蛾一類的昆蟲。因爲指導教授的關係，我也對蛾產生了興趣。我還曾經自己養蠶取絲織布呢，當然啦，並沒有很順利。你知道那需要養多少隻蠶嗎？我那時爲了要取得新鮮的桑葉而到處東奔西跑呢。」

帕克一邊倒酒，一邊沉浸在過往的記憶裡。他開始哼唱著英國的民謠「Mulberry bush」；那是一首很久以前的兒歌。

「來，大家繞著桑樹，

圍成一圈。

Mulberry bush，

Mulberry bush。

來，大家繞著桑樹，

圍成一圈。

早上起來的第一件事。」

帕克把酒一口喝乾；透過手上的酒杯，他凝視著眼前這位自稱是狸化身而成的男子。果然，這不是夢。坐在那裡的是武人，是洛基，也是狸族的阿狸。

「令人懷念的老友，洛基。像你這樣變化的專家，應該很清楚。不論是蝶或是蛾，他們都會經歷劇烈的變化。從卵變成毛毛蟲，然後結繭，最後變成一隻六隻腳的有翅成蟲。對我們人類而言，那是多麼了不起的技藝。而且，比起蝶來，四億年前打從恐龍時代開始，蛾就在地球上飛來飛去了，是更古老的生物。」

「所以，你來到了這裡。」

「除此之外，我還想來看看那可愛的『Bombyx mori』的故鄉呢。」

「森（mori）？」武人狸靠了過來。「我知道很多姓森的人，我也知道很多森林。但是我不知道有誰就叫做森的。」

帕克笑了。

「那是拉丁語的『蠶』啦。我迷上它，所以一拿到獎學金，就來到這裡。我以布的歷史以及相關生物學研究取得博士學位。蠶的生長過程裡，會吐絲織絹。在眾多蛾類當中，人類採集的是天蠶科與蠶蛾科所結成的繭。這兩種蠶結的繭，可以說是蛾類中的佼佼者。其中，品質最好的就是我剛剛說的『Bombyx mori』。

而在取得博士學位後，我就去教英文。雖然我不是專門的英文老師，若用英國的薪資水準來比較的話，收入算是相當不錯呢。所以我一直很喜歡這個國家。」

帕克再次喝乾杯子裡的酒，翻過杯底。

帕克說出妻子怕蛾的往事。

「從酒到烤雞肉、壽司，我都很喜歡。這裡的人都彬彬有禮，雄偉的群山中有清澈的溪流，海洋溫暖碧藍，每個島嶼都有自己的魅力。而且這裡可是蛾的寶庫呢。」

「喔，原來如此。」

「在我的故鄉，我們大約有六十幾種蝶，兩千種的蛾。但在這裡可不止這個數目。所以，研究當地的蛾類，是我一生的職志。之後，我和一位長髮、杏眼的女生結婚。她是我英文課上的學生，是個很漂亮的女孩子。課程結束以後，我們常常一起去咖啡廳。你知道吧？我爲了要採集蛾的標本，常常到處旅行。我的腦袋裡只有蛾的事。現在想起來，她可以那樣沉默地聽我說，大概是出自於禮貌的關係吧。或是情人眼裡出西施？我不知道。」

帕克歎了一口氣，繼續往下說。

「總之，我們結婚了。我眞的很想要成爲世界上第一流的蛾類專家，我只熱衷這件事而已。可是，我老婆不想出去工作，她說她比較想在家裡相夫教子，但是我老婆又對蛾過敏，她看到活著的蛾都會尖叫，當然更別提要過這種被滿屋子的蛾類標本包圍的生活了。所以我也沒有什麼甜蜜的婚後點滴可言，我就是沒有辦法放棄我的研究。」

武人狸替帕克倒滿了酒；帕克又是一口氣喝乾，等著武人狸重新倒滿他的杯子。

「現在可以確定，這個國家的蝶類至少有一萬五千種，蛾類則是超過十五萬種。我們的研究當然不可能面面俱到，但是，隨著自然環境逐漸被破壞，蛾類棲息地也慢慢地消失。我今天發現一種蛾，同時就有兩、三種跟著消失在這個世界上。洛基，你應該好好來看看那些蛾！他們可是擬態的高手，不比你差到哪裡去，要說是天才也不過分呢！雖然大家都認爲蛾是夜行性的昆蟲，但是也有好幾種蛾會在白天活動。雀蛾就是其中一種。他們的體型很大，吸取花蜜的動作遠遠看來，就和蜂鳥差不多。這是造化之奇啊！還有一種很特別的蛾，叫做人面天蛾；這種蛾的背後有一個圖案，很類似骷髏頭的形狀呢。而且如果碰到什麼敵人，這種蛾也會嘎嘎叫喔。」

帕克一邊試著模仿那種奇怪的鳴叫聲，一邊伸出手揮了揮，仿效蛾飛舞的模樣。

「蛾啊！親愛的蛾啊，讓我歡喜讓我憂啊。」

「既然你那麼喜歡蛾，那你爲什麼把牠們都殺掉，放到玻璃盒子裡一排排釘起來啊？」

帕克歎了一口氣。

「就像你說的，那是我還在唸大學時所教的舊方法。以前我們連作夢都想不到，蛾或蝶會有絕種的一天。我從十年前開始，就不再殺蛾了。我用攝影、用寫的，最近還用攝影機拍牠們。我要是有看到死掉的，才撿回來解剖做研究材料。以前這附近也是蛾的樂園啊，四邊都是森林，不用特地去找也有一堆蛾。我老婆還大驚小怪地說什麼，這裡是『蛾的房間』呢。」

「蛾的房間？」

帕克站起了身子。

「來吧，百聞不如一見。」

帕克家的二樓，有三坪與四坪大的和室各一間。三坪大的那間有一個小梯子，可以通往閣樓。進去以後，武人狸便把頭探出打開的窗外。這個樓的格局矮小，帕克站著，頭就頂到天花板了。兩側的牆壁釘有幾個置物平台，上面放了好幾個籃子。這些籃子的外層，都包覆

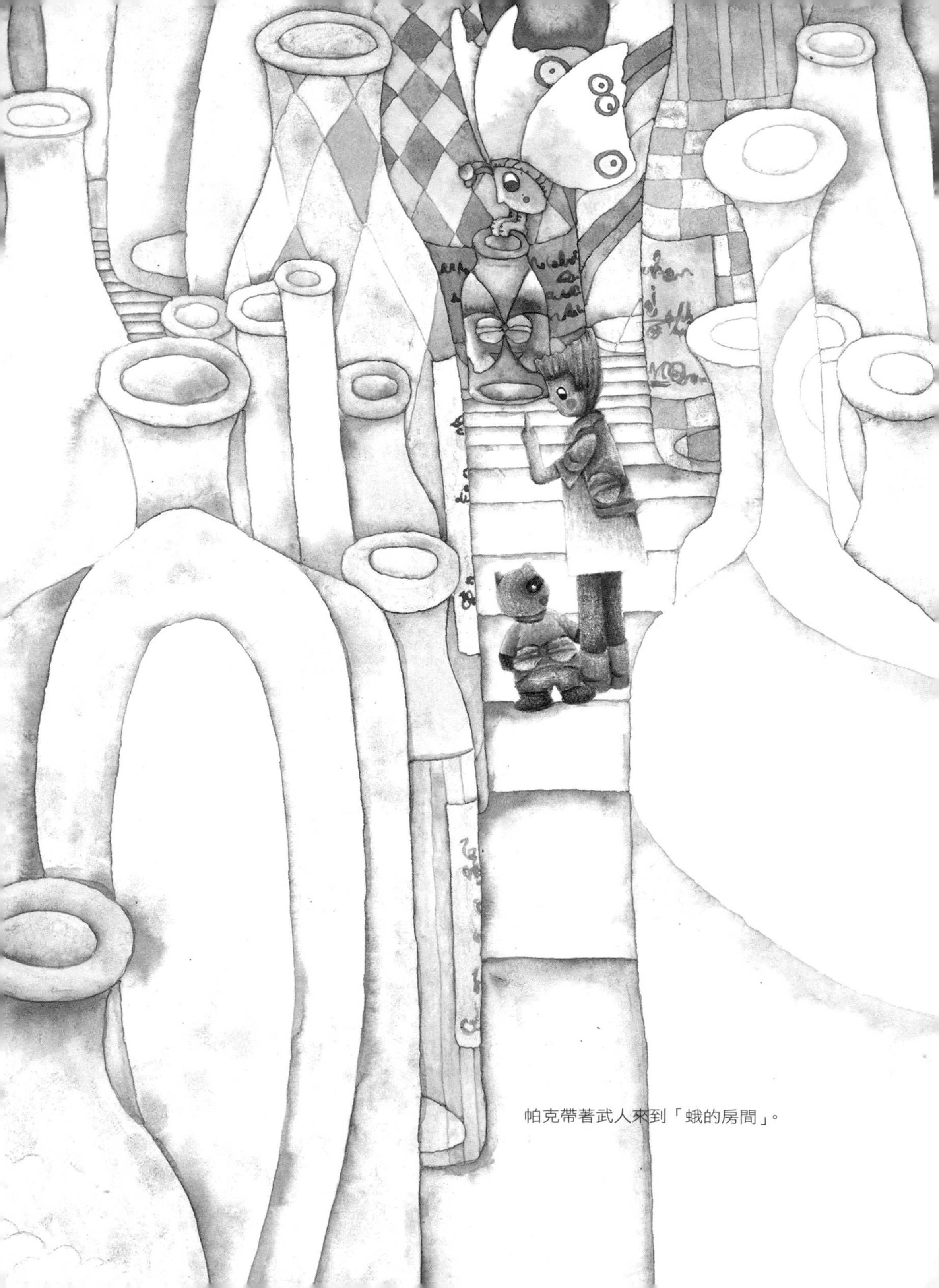

帕克帶著武人來到「蛾的房間」。

著一層細目的網子，裡頭放著廣口瓶，瓶子裡插了各式各樣的植物，仔細看都是一些樹枝。而房間內側兩端則有窗戶。

「就像你看到的，只要把窗戶打開，然後點上這些小燈，幾百隻蛾就會自己飛進來，讓我一網打盡。等我觀察完了就會放走牠們。而那些籃子是用來孵育幼蟲。以前我老婆只要想到家裡有這標的房間，就會毛骨悚然。我一下來，就問我有沒有聞到蛾的臭味？到最後，我一靠近她，她就開始鼻涕眼淚直流，還兼打噴嚏。她老是覺得聽得到蛾在飛，她甚至以爲蛾的鱗粉灑到她頭上了。

我每次上來這個房間，一下樓就得直接往浴室報到，還要換衣服。不過這只是開端而已，我的衣服、褲子，還有棉被，都被她塞在一個櫃子裡，裡頭放了一大堆的除濕劑與樟腦丸，所以家裡也到處都是那種臭味。比起來，蛾的費洛蒙還沒那麼臭呢。」

「關於大家都說你著迷於蝙蝠，又是怎麼一回事？」

「我只看過一次而已。在家裡放了蝙蝠用的巢箱，不過到最後也沒有半隻蝙蝠光顧。我並沒有要向牠們收房租啊，牠們要什麼時候來我都很歡迎，你看，這樣的話，上頭有蝙蝠，下面就有你這隻狸啦。」

「可千萬別弄隻狐狸來啊。」武人狸笑道。

下了樓，帕克又拿出一瓶酒。

「我老婆也不太喜歡我喝酒。不對，應該說，我們今天會走到這一步，也只是因爲酒與蛾的問題而已。」帕克一邊說，一邊把自己的杯子添滿，然後把酒瓶交給武人狸。

「我的老師會調一種很特別的酒：把蜂蜜、檸檬、糖，還有萊姆酒混合起來，晚上拿去塗在樹幹上，那個效果跟魔法差不多，沒兩下子蛾就會聚集過來。不過我那個老師，比較喜歡把那種『魔法之酒』裝進自己的肚子裡。而且那個酒很烈，蛾一靠過去，就會從樹上摔下來。我的教授騎車回去，也摔車好幾次哩。」

帕克邊說邊起身往冰箱走去。他一頭埋進冰箱裡翻找著，然後抬起頭來看著武人狸。

「晚上沒有什麼菜了，你要吃納豆吐司嗎？要的話，我就一起做囉。冰箱裡還有兩個番茄跟一條香蕉，一人一半？」

「不用了，你別費心。我是餓了沒錯，但是那些東西並不合我的胃口。等一下我變回狸貓，去森林裡逮兩隻活跳跳的青蛙就可以了。兩隻青蛙我應該還抓得到。」

「那就拜託你也幫我抓兩隻，我也很喜歡青蛙呢。」

就在他翻找冰箱的時候，一陣惡臭飄了過來。納豆可沒那麼臭。帕克轉過頭，映入眼簾是一隻全身都是毛野獸穩穩地坐在椅子上，眼睛周圍是一圈白，看起來就像是戴面具的土匪一樣。仔細一瞧，這隻大狸貓正咧著嘴，露出犬齒，對著自己笑。

「眞是的。」

帕克邊說邊恭敬地低下頭。「您若不中意納豆，院子裡還有金龜子可以抓啊。我家庭園的土偏砂質，咬起來說不定還會沙沙作響呢——」。

武人狸默默地跳下椅子，搖搖晃晃地往門口走去。帕克趕忙過去，爲牠開了門；武人狸則是腆著肚子，緩慢地踏出了家門。

關上門，帕克回到廚房裡，一個人翻出半個洋蔥，切成細末加進納豆裡。把麵包放進烤麵包機裡。他一邊倒酒，一邊哼著歌。

「舉目皆敵，

無人愛我。

出庭院，食金龜子！

挑肥剔瘦，適口充腸。

爬動、繞彎、直走、鬧哄哄！」

皓月當空，附近的狗兒也察覺了不對勁，齊聲嚎叫了起來。

4 變裝任務

帕克他們現在坐在飯店的咖啡廳裡。

有五個男人坐了三桌。帕克坐在這些男人的對面，觀察著他們的舉動。其中一個人穿著黑色禮服，梳著整齊的油頭，看起來像是律師。武人狸還是穿著那件褐色的襯衫，壓低了聲音對帕克說：

「那傢伙是依田，西野大臣的私人祕書。」

身爲英國人的帕克，倒是從沒穿過那種在倫敦訂製的高級禮服，透過鏡片，他瞪著眼前的依田看，「眞是個討厭的傢伙啊」，他在嘟囔著。

其他的人也差不多，一式的西裝領帶，剃個小平頭，目光看起來相當銳利……。一看就知道，這些傢伙是「那種人」。這些三十好幾、四十出頭的男人，把傲慢擺在臉上，怕人沒有看到。他們目不轉睛地盯著大廳的其他桌子，落地窗外是一片寬闊的日式庭園。鯉魚在池子裡游來游去。而落地窗內的這些男人，則是油頭粉面，其中一個還缺了隻小指。

穿著和服的年輕女侍又端上了一杯琴湯尼給帕克。武人狸照樣拿起杯子一口把酒喝光，帕克則是看著這些男人，感歎著世界末日恐怕就要來了。大政治家的私人祕書，居然公然在飯店大廳與幫派的人碰面。這是以前想像不到的事。照理來說，應該要約在高級餐廳的包廂，掩人耳目不是嗎？武人狸像是讀到帕克內心的想法似的，開口說道：

「你看，依田的頭子西野沒來，對吧？那人正在餐廳包廂裡忙著呢，沒辦法來這裡。建設公司的董事長設了筵席，找了口風很緊的藝妓陪他，他現在可樂著呢。之前我們說的高爾夫球俱樂部，西野也有份，他也在賣會員資格，從中賺一筆呢。你帶相機來了吧？」

「有啊，在這裡頭。」帕克拍拍自己的背包。

「底片呢？」

「我買了高感度的。」

「你沒忘記把鏡頭的蓋子拿開吧？」

「當然！」帕克有點生氣地回答道。

武人狸則是皺了皺鼻子。「別生氣，忘了帶底片也沒關係，我用落葉變出來就可以了，也比較環保。」

「但是你一走，那東西不是又變回落葉了嗎？」

「那又如何？只是照片而已，無聊死了，誰會多看一眼？」

「但是我們這次可是握有有利的證據呢，對吧？」

依田站了起來，「不好意思，我去打個電話……」一聽到依田這樣，武人狸馬上跟著進了男廁。公共電話就在靠近廁所的轉角處，在依田講完話的同時，一個怪怪的警察從廁所裡出來，叫住了他。

「依田悟？是依田悟先生嗎？」

這位警察的帽子被推到腦後、衣服皺巴巴的，鬍渣爬滿他的臉。依田睨視著眼前這位警察，開口說道：

「我是。有什麼事嗎？」

「西野先生寄放了一封信在我這裡。他說事情很急，一定要我親手把信交給您。」

把信封交到依田手上後，警察敬了禮就回廁所去了。依田看著警察離去的背影，立刻拆開信封，信上的字非常潦草。

「有大事發生，你馬上來神社，在那裡等我。見到我之前什麼都不要說，信看完之後就毀掉。西野」

依田雖然很納悶，但還是馬上轉身出門，急忙走向位於樹林當中的神社。他把信封與信紙揉成一團，塞在胸前的口袋。之後，他再掏口袋，就只是兩片枯黃的銀杏葉了。

此時，「另一個依田」從廁所裡走出來。他慢慢地走向流氓們坐的那張桌子坐下來。他突然伸出手取過組長面前的酒杯，一口氣乾掉裡頭的威士忌。

「呼——解手以後，嘴巴就乾得要命。」這位「依田」敲了敲桌子，穿著和服的年輕女侍馬上走了過來。

「我要一杯雙份威士忌，再加一塊巧克力蛋糕。」

就在女侍轉過身的同時，依田摸了一下她緊翹的臀部。女侍尖叫了一聲，依田狸指著桌邊其中一位流氓說：

「你見色起意也不能這樣吧。」

「不是我！」

「但是你很想摸摸看，對吧？」

「夠了！你到底有什麼目的！」

組長厲聲問道。

「是，西野先生要我來傳幾句重要的話。」

依田狸環視包括組長在內的所有流氓，慢慢地翹起了屁股，「噗——」地放了一個響屁。那個屁整整持續了三秒，在場眾人都轉過頭來看著這一桌。一個流氓伸出手抓住依田狸的領子，但下一秒，血就從他的指甲裡滴下來。

「這傢伙咬我！」

其他人也跟著站起身，組長拉住他們，不讓這些人胡來。商人、正在愉快地享受著下午茶的婦人、外籍觀光客……大家都看著他們。樓層領班在這個時候衝了進來，帕克也抓住機會按下快門。但是依田狸竟然露出了毛茸茸的尾巴。帕克睜大了眼，但其他人似乎沒有發現，依田狸轉過身，對著他的夥伴偷笑了一下。

「坐下！」組長厲聲喝道。他還不知道這是「假依田」，死瞪著依田狸放狠話。

「如果你也是這道上的，老子現在就掛了你！」

「不好意思！我只是開個小玩笑嘛，西野先生也很喜歡放屁，不是嗎？我是想起了先生才會這麼做啊，我奉先生之意跟各位見面，其實我也很緊張。所以請當我是替西野先生放這個屁吧。」

在場衆人對這個不知所云的傢伙，都只能呆看著他。手被咬傷的傢伙，吸吮著滲進指甲裡的血，心想這個依田的動作好快，猝不及防就被他咬了。傷口有兩個小洞，就像被惡犬咬傷一樣痛。這時依田狸裝模作樣地站起身。

「玩笑到此爲止。西野先生要我告訴你們，後天在這個位置，再一次碰面。」

「西野先生？他要來這裡？」那個組長一臉驚疑不定。

「沒錯，到時候你們就把頭期款放在信封裡帶來。先生是這樣交代的。他好像要親自來收款，不然這個買賣會破盤。先生隨後還得向總理大臣報告這件事呢，這可不是在開玩笑。你們得要小心一點，把現金都換成新鈔。記住，後天下午三點，就在這裡。」

依田狸瞄了一眼腕錶；

「我又想上廁所了，我先走了！」說罷，依田狸便擺了擺手，準備離去。組長氣得臉都白了，旁邊三人窺視他的表情，等組長下令。只要一聲令下，依田狸就慘了吧？依田狸一邊後退，一邊搖著食指說。

「你們怎麼這麼沉不住氣啊，這樣不行喔，咬指甲也不是好習慣哪，要是連手指都咬到，那就不好了。」

依田狸一邊高聲笑著，最後還束起兩根肥短的小指對著他們。比劃而在依田狸走往廁所，帕克還在盯著那桌的動靜。

這位組長拳頭緊握，甩一甩頭，長長呼出一口氣，讓自己冷靜下來。

「算了，不跟他一般見識。」

「不給他一點教訓嗎？」

組長瞪了他一眼，「笨蛋！你要跟他一樣蠢嗎！」

在依田狸離開組長那桌後，女侍才端來續杯的威士忌與巧克力蛋糕。在這同時，武人狸已經滿臉笑容穿著褐色襯衫，回到帕克旁邊的位子。

「喂，你的尾巴剛才露出來了啦。」帕克低聲說。

「你是要拍那些傢伙的蠢樣，還是我的尾巴啊？走，我們快去洗大張一點的照片，就可以送到雜誌社去啦！送去給《Snap Saturday》的話，明天就會刊出來啦！」

看到四個流氓起身走了；武人狸用手肘頂了頂帕克。

「喂，去幫我把那個巧克力蛋糕拿來好不好？」

「不要，我又不吃！」

「不要這樣嘛，你看，你是個外國人，你做什麼人家都不會覺得奇怪啊，反正那個蛋糕還是會被丟掉，很可惜的，你就幫我拿過來嘛。拜託，不要這麼固執。」

拗不過武人狸的帕克，只得走向那張已經沒人的桌子，拿回那塊巧克力蛋糕。

「這麼好吃的東西，丟掉眞是太可惜了。」武人狸伸出舌頭舔著。

帕克瞧著武人狸說：「接下來要怎麼做？」

武人狸舔了舔襯衫袖口，打了一個嗝。

「電話攻勢啊。那些傢伙應該很火大吧，但是他們後天還是會來這裡，事情應該可以進行得很順利。那個組長是舊式作法的人，要他拿現金來這裡，就算不高興他也還是會來。再用建設公司律師的名義把西野和依田約來，然後我們請兩位雜誌記者在這裡埋伏……。這樣，就有得好看了。」

說罷，武人狸站起身，看著桌上的帳單。「要把錢付掉喔，引起別人的注意就不好了。」

帕克趕緊看看皮夾，看看錢夠不夠。

付了錢，他們推開玻璃門的同時，正牌的依田也匆匆回到這裡，與帕克、武人狸擦身而過。他滿頭大汗，臉上寫滿了不安。

過了兩天，原班人馬又到了同一家飯店。

帕克拼命地和腳下的高跟鞋奮戰，但不論他怎麼試，就是抓不著訣竅。說不定路過的人還以為他是變態吧。他長這麼大，穿高跟鞋還眞是頭一遭。他曾穿過各國的民族服飾；去印度、衣索匹亞的時候他圍過腰布，穿過馴鹿皮製成的禦寒衣物，和服的話也穿過幾次，蘇格蘭裙更不用說；他還裝過白鬍，扮演過聖誕老公公。但是，他就是沒穿過高跟鞋。一想到這些，帕克就忍不住碎碎念個沒完。

「我爲什麼一定要穿成這副德性啊！還得抱著你……洛基！你這次太過分了！」

趴在帕克太太的臂彎中，小小的褐色獅子狗抬起頭看著「她」。那張狗臉怎麼看都不像獅子狗。這隻獅子狗的脖子上，還戴著綴有鑽石的項圈。牠露出犬齒，笑了笑；門房也沒多想：「Good Afternoon, Madam。」門房操著一口流利的英語。

帕克穿著昂貴的洋裝與高跟鞋，還借了貂皮披肩圍在頸上；他戴著黑色紗帽，遮去他的半張臉……。乍看之下，眞像是一位「貴婦人」。爲了要配合貴夫人的形象，帕克還在臉上化了濃

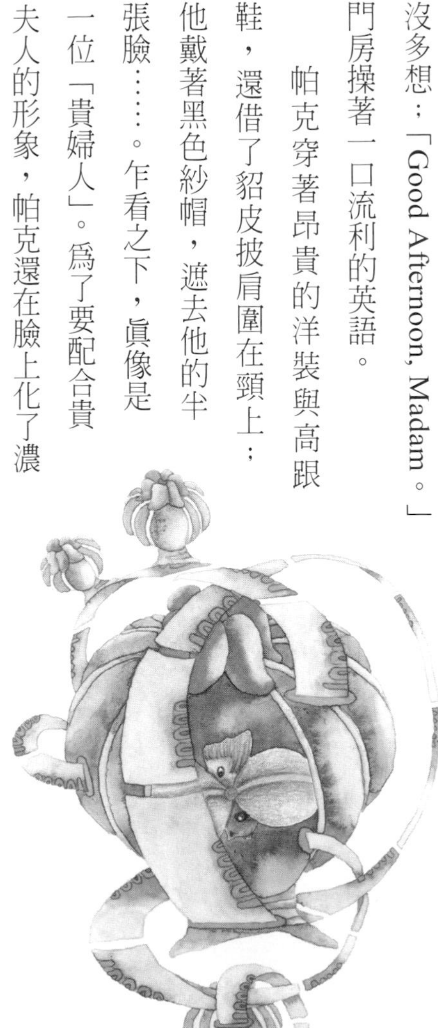

妝，努力地想走得婀娜多姿一點。當他要走進大廳時，被服務生攔了下來。

「不好意思，客人，本飯店禁止寵物進入……。」

揮開服務生的手；帕克刻意擺出高貴姿態，拔高了嗓音。

「這可不是你說的什麼狗，牠是我可愛的小多多呢！我就只有牠這麼一個朋友而已，如果小多多不能進去的話，你們就去取消伊貝莉亞·史烏德的預約好了。看看你們經理會怎麼說。」

年輕的英俊服務生看著這位夫人，她的捲髮染成藍色，臉上抹了大紅色的腮紅，唇則是塗上鮮血般的紅色口紅。服務生不由自主地移開目光。他又看了一眼婦人懷中的狗，那個味道，只能說……其臭無比。

「我知道了，夫人，您請進。」

帕克光明正大地進了大廳，然後挑靠近水池邊的位置坐下。

「那是狗嗎？是溝鼠吧！」門房竊想著。

總算落了座；附近的座位也沒有人。化身成獅子狗的武人狸把牠的尖下巴靠到帕克的手腕邊，開始小聲地抱怨。

「什麼可愛的小多多？你取這什麼名字啊！」

「你不喜歡嗎？那不然小黑好了？我忍耐也是有限度的好不好！我已經花了好大的工夫才忍住不掐斷你的脖子。眞是的，我從來沒想過這輩子會有這麼一天！爲什麼我一定要弄成這副德性啊？」

「因爲你平常沒有讓人印象深刻的地方啊。別人或許會記得你的鷹勾鼻，或是你這張皺巴巴的大紅臉，但是人家未必會因此而留下什麼深刻印象。所以呢，我變成一隻狗，而你化妝成一個歇斯底里的帶狗老婦人——我們昨天商量的時候，你還很贊成啊。」

「喝醉時什麼都會贊成啦！我還以爲你是鬧著玩的……。」

「你自己說好的。」

「我有說嗎？」

「你眞的說了。你還唸了打油詩耶，『有個怪男人，穿著他姊的衣服，不知道爲什麼被叫到這兒來。不過呢，那傢伙……』」

這時兩位穿著整齊的女士在他們附近的位子坐下；她們嫌惡地眼神看著帕克夫人與她的狗，這位像老巫婆的婦人，加上一隻狗……，總覺得哪裡不對勁，更怪的是，那是腹語術嗎？那個老太婆居然在跟狗說話？

「不要唱啦……所以我說，我喝醉了，不記得啦！」

「噓！」武人犬說。

帕克馬上閉上了嘴，目光留在那隻窩在他腕間的小狗身上。他知道這不是夢，但是他作夢也想不到，有一天他會穿成這個樣子坐在這裡。彼得．艾德華．帕克居然有這麼一天，穿著女人的衣服坐在飯店的大廳裡？不只如此，這隻狸也很了不得，那麼大一隻傢伙，居然可以像這樣，變成一隻小狗。不過那個臭味就沒辦法了，尤其是牠一興奮，那臭味就更是臭到讓人快暈了。

就在這個時候，那四個流氓走了進來；其中一個人是生面孔。看來，應該是律師。

接著，依田也來了。他走在一個矮個子圓臉的男人身後，應該就是西野議員，他襟口上那枚專屬於國會議員的徽章閃閃發亮，就怕別人不知道他是議員一樣。這位議員的心情似乎不好，他的雙唇緊緊地抿成一直線，但從他臉上又看不出什麼端倪，他形於外的傲慢眼神，睥睨著眾人。一路走到流氓們圍坐的桌前，彼此默默地致過意後；依田便轉向律師，開口問道：

「這到底是在演哪齣鬧劇？」

其他的流氓狠狠地瞪向依田；組長則是站起身，從旁邊的小夥子手上拿來一個信封，哼笑了幾聲。

「您的祕書要我們今天過來這裡，說是要把款子親手交給您才行。我想我們之後是不是要換個地方好好地聊聊？」

這位西野議員大概是因爲選舉期間，老是與民眾握手的關係吧，反射性地伸出手去拿那個信封。也在這一瞬

隨著武人犬的奔跑，萬元大鈔散落一地。

間，一陣尖叫聲響徹了大廳與咖啡座。

「啊！小多多！我的小寶貝！」

餐盤從女服務生的手中落下，發出巨大的聲響。眾人的目光，一同集中到了這位著貂皮披肩的外國老婦人身上。

那隻小小的褐色獅子狗掙脫了繫繩，在人們的腳下狂奔，鑽過每個桌底。看來，這隻小狗正朝著那桌站著談話的男人們衝去；這隻獅子狗一躍而上，一口咬走了那只信封。眾人的目光隨即跟著這隻小狗，而一場追逐大戰立刻展開。男女服務生與搬運行李的門房，見狀一起追著小狗跑，樓層領班、門房、依田祕書再加上三個流氓，也都加入了這場追逐戰。小小的獅子狗到處橫衝直撞；牠的牙齒咬破了信封袋，壹萬圓的大鈔也一張張地跟著散落了出來。

這簡直就是一場大災難。有兩名攝影師跟在後頭拚命拍照；流氓們回過神的時候，組長已經奪走其中一名攝影師

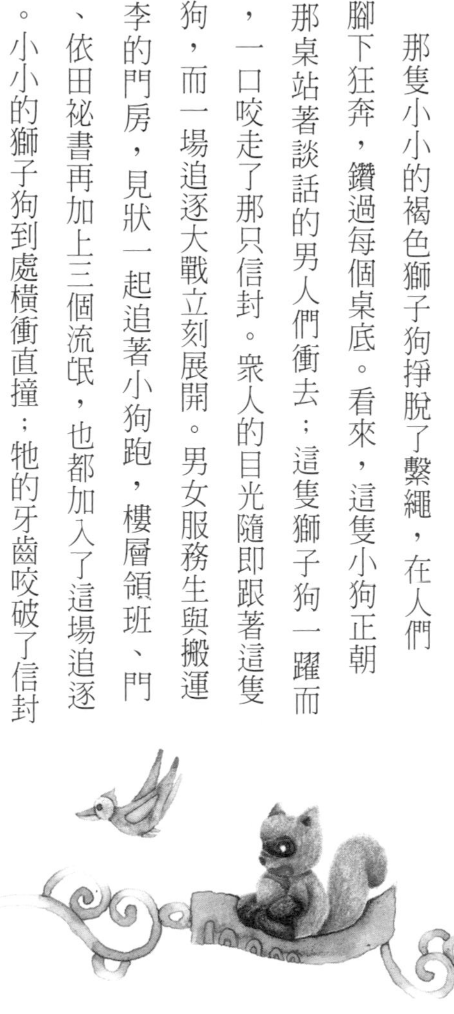

的相機，另外一個應該也跑不掉了吧！而趁著這場混亂，帕克逃出了大廳，逕自奔下階梯，隨手招了輛計程車。那隻闖禍的小狗則直接從大門跑出來，逃入神社的樹叢中。

萬圓大鈔在大廳裡散落一地，西野議員呆傻地站在原地。另一方面，帕克還是穿著那套洋裝，在電話亭邊下了車，打電話給警察，興奮地向警察報告他方才所看到的一切。

當警察抵達飯店的時候，武人狸也重新換上他那件褐色的襯衫出現。樓上還在激烈地爭執時，他走到樓下酒吧，點了冷的日本酒來喝。西野議員已經離去，連什麼時候走的都不知道。

在復古的吧台邊坐下；武人狸大聲地對酒保抱怨道：

「我可從來沒想過，在這樣一個國際級大飯店裡，居然會有這種事啊！那個政客到底知不知恥啊？堂堂的一國菁英，居然在大庭廣衆之下收錢哪！眞令人不敢置信！你也聽說了吧，爲了要弄到那個新高爾夫球場的會員證，那個組長才會賄賂那個傢伙！這是什麼世道啊，政客到哪裡都抽成，連流氓都快活不下去了！」

酒吧裡的客人紛紛轉過頭來。其實，這時酒吧裡只有三個外國人；不過其中一個人似乎聽得懂一些。武人狸一邊喝酒，一邊揮了揮手，靠在吧台邊。

「這世道啊，像我們這種孤獨的男人，想有個溫柔體貼的女人陪著就好了。只有那些一副踐樣的政客，心裡想的是怎麼樣可以吃乾抹淨！這世界有這個世界的規矩嘛！他們這樣做，根本就是破壞行規！搞到最後，滿街的流氓都得乖乖給那些政客賄賂不可；那錢你說從哪裡來的？當然是從那些善良的老百姓身上剝削啊，他們太過分了！」

默默地在這位大放厥詞的客人面前擺上一瓶酒，酒保便到一旁避難去了；武人狸一手拿著酒瓶，一手拿著酒杯，走到那三個外國人的座位旁。

「晚安，不好意思，我可以打擾一下各位嗎？」武人狸說。「我叫做田中照雄，我本來是要趁工作結束之後，來這邊放鬆一下小酌兩杯。結果剛好就看到大廳那一場混亂。各位在這裡享樂，上頭發生什麼事你們應該不知道吧？」

剛才擔任口譯的男性，指著旁邊的一個空位。

「您請坐。田中先生，敝姓馬克波……比爾．馬克波。這裡是查理・奈特先生與喬・佩登斯先生。」

啊，美國人啊。武人狸坐下來，把酒放在眼前。

「您剛剛跟酒保說的那些話，那可眞是一場大災難啊。這邊的這兩位也在現場，所以我們剛剛也在聊呢。你剛剛提的……是黑道嗎？」

「是啊！從前這裡的治安，比現在要好太多的。但是，隨著代代相傳的傳統逐漸被破壞，一切就都不對勁了。這裡，自然環境被大量破壞，以前不管是哪條街，都有他們自己的平衡在。黑道是黑道，正派是正派。我們走在路上都不用擔心，要去喝兩杯也不太掛慮什麼。但是漸漸地，那些黑暗世界的人……他們貪心了起來。他們把觸手伸到建築業裡去了，但你們知道，這些傢伙在哪裡蓋房子嗎？在那些政客們可以支配的土地上！不然就是那些無主之地——森林、山、河川，還有沿海的那些地方。哪裡好就變更成建築用地，明明都是大自然的一部分啊。爲了要弄清楚事情到底發展到什麼程度，現在，我們正積極地有所作爲呢！」

「不好意思……」開口插嘴的年輕外國人，從剛剛開始就在做筆記。他有一頭淡褐色的頭髮，鼻樑上則架著一副眼鏡。

「您剛剛就在講的我們……不好意思，『我們』是指誰呢？」

武人狸瞧了瞧室內；然後，他從懷中掏出一個皮夾，晃了晃裡頭的銀色徽章。

「我們是特別搜查官，隸屬於環境與社會學犯罪部門，這是最近才設立的單位，上頭知道的人也不多。」

「啊，原來是警察嗎？我可否再問一次您的大名？」

武人狸揮了揮手。

「我們執行的是機密任務，不過既然你問了，我想跟你講應該也沒有什麼關係吧。我是田中照雄，你也可以叫我惡鬼田中。我們出任務的時候都要變裝，這樣才不會引起人家的注意。」

「是，我對你們的工作內容很感興趣呢。」剛剛那個年輕人說。

「不過，環境與社會學犯罪——這到底是什麼呢？」

武人狸一口氣喝乾酒，整個人都靠上椅背。用他袖珍的手掌，來回撫摸著他的啤酒肚，然後，他呼了一口氣。

「這說來話長啊……」

5 醜聞曝光

《Snap Saturday》是當今最熱門的八卦雜誌。隨著《FOCUS》、《Friday》的腳步，《Snap Saturday》很快地成爲八卦雜誌中的第三把交椅。他們用大幅載照片及少量的文字，憑著他們那種無所不用其極的報導方式，《Snap Saturday》很快便超越了《FOCUS》與《Friday》；他們誇下海口，宣稱自己的銷售量無人能敵，但他們充滿腥煽色的內容，當然引起許多人提出控告或是加以恐嚇。《Snap Saturday》的總公司位於市中心某高樓，還委託了國內最有名的保全公司，管理整棟大樓的安全相關措施。

但是，這次，主編看著桌上的照片也不禁頭痛了起來。他的確很想要這個獨家。但是如果眞的刊了出來，大概會引起史無前例的巨大風暴。即使是對《Snap Saturday》，他們還是有所謂的界線。爲了要能夠在業界生存，這樣的界線是他們不能侵犯的，但是……

看看這些照片！從流氓手裡拿信封的傢伙，不就是現任的內閣閣員嗎？而且還在國際級的五星級飯店裡！除了這張照片外，還有流氓與服務生睜大了眼，拼命追狗的照片。那隻毛茸茸的小獅子狗咬著信封，一張張的萬元鈔票從中飄散出來的照片。還有其中一個流氓想抓記者的照相機；而他那「沒有小指的右手」，正好撞上記者的鏡頭。這真是一個獨家大醜聞啊！

……但是，登出來真的沒有關係嗎？

政客方面還沒關係，只要能夠炒作話題，增加曝光率，區區的媒體攻擊根本不算什麼。但是，麻煩的是那些流氓……。

就在主編對著一桌子照片沉思的同時，武人狸所扮演的「惡鬼田中」也無禮地闖進辦公室。他讓總機小姐看過「特別搜查官」的徽章，然後露出犬齒，笑得有些詭異。總機小姐很快地判斷出這人不是她能應付的，連忙把武人狸送進主編辦公室。

「工藤主編，這位先生就是我在電話裡說的那位……。」接待處的小姐鞠躬後轉身去準備茶水。

武人狸還是穿著那件皺巴巴的褐色襯衫；不過，他把頭梳得油光水亮，服服貼貼的。他先對主編敬了禮，然後拿出銀色徽章。

「我是田中照雄，特別搜查官。」

工藤主編年輕時曾是激進派的一份子，有超過兩年的時間，他在拘留所中度過。那時，「美日安保條約」剛剛簽訂，對此，他們發起相當激烈的反對運動：也就是所謂的「安保鬥爭」。當時，他們拿出汽油彈與機動隊員一較高下；結果他的頭受了傷，整整縫了二十三針。那樣的年輕歲月，讓他再也沒對警察有過好感。但是這位工藤主編還是站起身，領著這位「田中先生」往旁邊的咖啡桌走去。那裡有兩張椅子，小小的桌面上，則是一堆報紙與雜誌。

田中，也就是武人狸；挑了一張椅子落座，對著來整理這裡的女孩笑了笑。「不用麻煩了，我今天來這裡不是爲了公務，麻煩您眞是不好意思。」

「那我就直說了……」工藤主編直接插話進來。「閣下今日來訪有何見教？」

看著這位主編焦躁地點菸：「田中」先生笑笑地對他說：

「就立場上來說……很不好意思，其實，我今天來訪，是因爲我個人有些想法……我想要說一些眞心話。前幾天西野議員那件事，貴社記者的勇敢，我可是見識了。」

「啊……您過獎了。」

這位穿著褐色襯衫的「搜查官」，從上衣口袋裡掏出一包東西交給主編。

「請看這裡面的照片，這是在你們的記者來之前發生的事，裡頭清楚地記載當時發生的事情，日期也很清楚；西野議員的私人祕書依田，因爲一些事情，與那些流氓起了衝突。」

主編似乎是會意過來了；他把照片放到桌上，看著武田狸，猜測這人的意圖。

「可以的話，請您收下。這不是公事，是我的一點心意。」

「不好意思，在這之前，你們警察什麼時候幫過我們媒體啊？爲什麼你要拿這些東西來？還是你其實是來要底片的？我絕對不可能給你。」

田中搜查官搖了搖手。

「沒那麼嚴重。即使時代變了，有些東西還是不會變的。就像警

106-96

台北市大安區忠孝東路四段341號11樓之三

高咏文化行銷事業有限公司　收

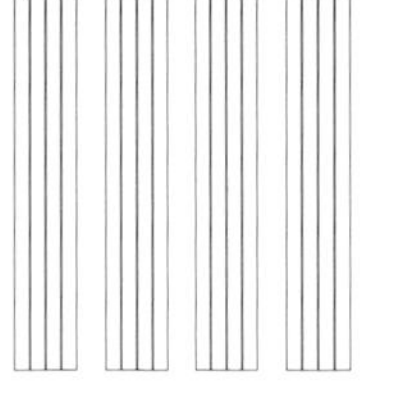

廣告回信
台北郵局登記證
台北廣字第1061號

姓名：

地址：

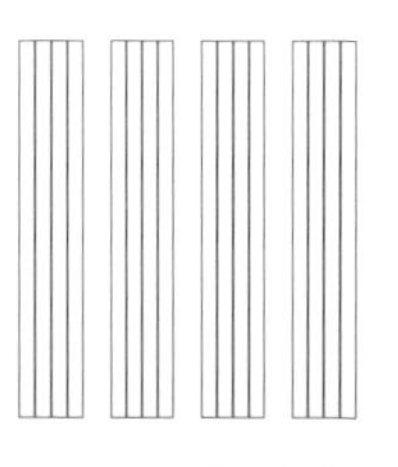

高談文化讀者回函卡

◎為了跟讀者有更頻繁的互動，希望您費心填妥此張回函，寄回給我們（免貼郵票），就能成為高談文化的VIP READER。未來除了可以享受到購書優惠以外，還能早一步獲得高談的新書資訊。

姓名：________ □男 □女 生日：___年___月___日

E-mail：________

職業：________ 電話：________ 手機：________

◆購買書名：________

◆您從何處知道這本書________

□書店________ □網路或電子報________

□廣告DM________ □媒體新聞介紹________

□親友介紹________ □其他________

◆您通常以何種方式購書（可複選）：

□逛書店 □網路 □郵購 □信用卡傳真 □其他________

◆您對本書的評價：

□定價 □內容 □版面編排 □印刷 □整體評價

◆您的閱讀習慣：

□音樂 □建築 □設計 □戲劇 □歷史 □傳記 □小說 □散文 □書店旅遊

◆您願意推薦親友獲得高談文化新書訊息：

1.姓名：________ E-mail：________

地址：________ 電話：________

2.姓名：________ E-mail：________

地址：________ 電話：________

◆您對本書的建議：________

____

____

◆更多最新的高談文化新書與活動訊息請上網查詢

http://www.cultuspeak.com.tw 高談文化網站

察本來就應該要保護市民，而不是鎮壓市民。雖然我們『表達己見的自由』是被局限在法律下的，但是不包括逃稅或賄賂。作爲特別搜查官，我的權限……很大。我保證，我會保護你們的新聞自由，而且取締黑道組織及那些右翼小鬼的法律，馬上就要通過了。萬一，西野……或是其他的議員，跟那些流氓聯手，壓制你們的新聞自由，我『惡鬼田中』也不會置之不理的。你以爲那些觀光聖地、高爾夫球場開發案是怎麼回事？到時候我把這些內幕都抖出來！如此一來，將有一兩個傢伙要倒大楣啦！而你呢，絕對會沒事的！」

「你可以保證這個？」主編一臉狐疑的表情。

「沒錯。」

「官方那裡……」

田中搜查官舉起手，制止了工藤主編的發言。他搖搖頭，他的手肘就支在膝蓋上，一臉認眞地看著眼前的主編。

「這個案件現在還在偵辦當中。所以，今天我跟你說的這些話，都是以我個人的身分說的。你看著好了，接著會有更多的索賄事件爆發出來；那些傢伙更會陷入輿論當中，千夫所指……對了，就跟天上掉下來的鳥糞一樣。」

「鳥糞？」

「是啊，你要說牛糞也可以。不過如果是牛的話，就沒辦法像燕子那樣輕盈地飛來飛去，追蟲子的動作也不會這麼靈活。」

田中搜查官站起身，端著一臉的冷酷，他的目光不復剛才柔和，顯得非常銳利。

「我要說的就是這些。照片如果你不要用的話，燒掉吧。我會去找其他有膽識的媒體。」

看這樣子，主編是要抽手了。

「沒錯，從六〇年代後半，到七〇年代初期，我們的立場敵對。可是，我們的任務就是爲了保護這個城市的善良居民，我的想法也從來沒有改變過。爲了正義，我已經有所覺悟了。當然我不會棄你於不顧，如果你不想管這件事，那也無所謂，我只不過會輕蔑你的軟弱罷了。但是，你如果敢背叛我田中照雄，我保證會讓你去吃兩年牢飯，聽到沒？」

然後，田中搜查官踏前一步，像是把身體折成兩半，鞠躬，然後走出這間辦公室。

主編坐下來，點了根菸，喝上一口冷茶。先把這東西放上一星期吧；主編心裡忖度著。辦公室裡飄著一股惡臭。

隔週的週五，《Snap Saturday》約聘記者怒氣沖沖地拿著一份英文報紙衝進辦公室。他把那份《Japan Times》摔在主編面前，指著上頭斗大的標題。

「你看這個標題！日本環境破壞現狀、與其後黑道組織與政界之間的掛勾特輯！主編，昨天《New York Times》上也登了！這些記者似乎是從日本某個搜查官那裡弄到的極機密資料呢！我們雜誌爲什麼白白放走這個機會呢？我們可以逮住那些傢伙的尾巴啊！跟那些流氓勾結的傢伙一定是西野議員啦！爲什麼我們自己不做這個議題！」

「過分！那傢伙果然……算了，下一期我們要搞得更大！你快點跟矢島一起去狸丘；像是高爾夫球場的建設與會員證的問題，環境污染問題，還有當地民眾的抗爭……你去找那邊的人問，說不定會有不同的觀點。你們要做多久都可以，我們《Snap Saturday》可是要全面備戰、全力以赴了！」

「了解！」記者豎起了一隻大拇指。這位記者除了是一名出色的攝影記者外，他還是一個深愛大自然的鳥類觀察家。好幾年前，他發表過一張啄木鳥捕食回巢的照片。那張在狸丘拍到的照片，十分出色。而在三年後的今天，他將成為反對高爾夫球場建設的一員。他也有好幾次向主編提出以這個題材作報導的要求，終於能如願以償了！

先回到自家公寓去，翻找出以前的採訪筆記，順便整理攝影器材。他還記得，狸丘那裡住著一個怪怪的英國人，聽說他是研究蛾類的學者。這個男人，從以前就用英文寫了好幾次抗議信給東京的大官，抗議狸丘的森林遭到砍伐。啊……找到了，這傢伙，彼得．帕克老師。這個姓飯田的記者拿起電話，與夥伴矢島約時間在車站集合。兩個人去應該就夠了，飯田與矢島並不是第一次搭檔；對於一個議題，他們曾經用多角度去深入探究。這可真是個「好工作」啊，飯田心想，這是個大好機會。踏出家門前，他回過頭，看著那張放大的啄木鳥照片。

「我終於知道你所教給我的是什麼了……不要鬆手，對吧？不要鬆手，要緊緊追著蟲子跑！」

而在那次騷動以後，帕克就躲進家裡，怎麼都不肯出門了。他實在害怕有人看穿是他搞的鬼，進而通報相關單位。萬一人家知道那個怪怪歐巴桑是他，那還不送他去精神病院嗎？搞不好還會把他強制遣返英國。這三天來，帕克都在努力地戒酒，他的心情也因此非常不好。眼看太陽下山，他的心也開始狂跳了起來。一旦他上床睡覺，那些惡夢就會有如附骨之蛆纏繞上來。不斷地擦著額頭上的冷汗想著，如果眼前的幻覺都是酒精帶來的，那麼，戒酒就應該可以讓那些幻覺消失了吧。已經三天了，那個叫作武人六衛門的生物還是大剌剌地坐在他家，而且從前天晚上開始，家裡又多了一隻狸！

這是酒精中毒的徵兆吧？他的幻覺又加重了吧？有必要的話他是不是該求救於「戒酒中心」之類的機構比較好？但又有誰能夠心平氣和地聽他在那裡胡說？

新來的是隻母狸。當她還是狸的型態，看起來小一點，也可愛一點。但當她嘗試著要變化爲人的時候，沒幾下就變回原形了。聽他們之間的對話，武田狸似乎是這隻小狸的大伯父的伯父的伯父……不知是上幾輩的伯父。這位大大大……伯父每天都孜孜不倦地教導這隻可愛的小小小姪孫：從如何變身到聲音的變化使用，甚至是狸應該要會的種種伎倆，武人狸邊用嘴說著，手還比劃個沒完，這個該怎麼做，那個該怎麼做……他不喝酒，也會看到這種幻覺？帕克生起了滿腹抱怨的同時，又不自覺地喝起酒來了。

另外，武人狸還是穿著他的褐色襯衫講授課程，話題已經進展到人類女子應有的魅力篇；對著自己的姪孫，武人狸還手舞足蹈地模仿起來：這可讓帕克倒盡了胃口。連帶讓他對女人僅存的些微想像，也跟著消失無蹤。

「好，就叫她塔尼雅好了。以後就說，她是日俄混血兒。」武人狸說。

「好是好，可是她看起來不是很能幹的樣子，而且你要知道，我都獨居這麼久了，家裡突然冒出個女人來，不行啊。你就讓她保持狸的型態吧……」

「帕克，你乖一點，喝你的威士忌吧。」

「我喜歡塔尼雅這個名字。」帕克聽見了那隻母狸的說話聲。

「帕克，你也知道嘛，最近有很多狸在俄國那裡過活啊。要說他們是日俄混血，也不算是說謊。再說她是混血，也能夠交代得過去嘛。」

「我知道了啦！」帕克倒了一杯酒進嘴裡，怒氣沖沖地大吼道。

「那塔尼雅變成人以後還可以嗎？」

「你要我說實話？像你們這樣在我面前晃來晃去的，根本就沒有什麼性感魅力可言！」

「我可愛的塔尼雅，別理他。我得再看看這個錄影帶，好好地研究清楚才行；妳扭腰是不會錯的，不過呢，妳的腳步要再放小一點。」

武人狸深吸了一口氣，小踏步地從屋子的這頭走到那頭。他的腰左右擺動，連帶著大屁股也晃了起來，簡直就像隻跳芭蕾舞的大象……帕克不由自主地閉上了眼。太可怕了！他在心裡腹誹著。同時武人狸則是半掩著嘴，用一種年輕女性才有的假高音笑了起來。

「我知道了，要讓男人看上你，除了扭腰以外，還得會笑！妳要練習笑！」

帕克鼓足了勇氣，再抬起頭來看著眼前這隻母狸……她穿著一身茶底黑白條紋的連身洋裝，一頭栗子色的長髮，還有分明的五官，漆黑的眼眸……在帕克面前款擺著，相當婀娜多姿。

「小姐，我可以請妳喝杯茶嗎？」裝出一副文弱的樣子，武人狸對著眼前的塔尼雅說。

「呵呵，什麼？」塔尼雅停下腳步。

然後，武人狸豎起了手指。

「不行啦，妳這樣笑得太假了！」

「誰叫您突然說要請我喝茶！」

「當然啊，我是在搭訕，男人都得要有這種本領，能跟不認識的女孩子搭訕是很重要的技能啊！」

「笨透了，爲什麼要去喝茶呀？應該要說『你身上的味道不錯耶』類似這樣的話才對吧？」

兩個老朋友喝著酒，商討下一個計畫。

「我的天——」仰天長歎，帕克又乾掉了一杯威士忌。

「聽好了，塔尼雅，人類可不像我們狸族那樣率直；他們對哪位女性有意思，不能太直接，不然會嚇到人家。所以，男人會先去約會喝茶，讓女孩子開心以後再去牽人家的手……」

看著塔尼雅一臉疑惑，帕克長長地歎了一口氣對武人說：

「你簡直是胡來。你要弄清楚，不論你怎麼做，塔尼雅都是一隻狸。」

「笑死人了，我們又不是要做什麼，我只是想要練習那種感覺。不知道細節要怎麼演戲啊，你說是吧？」

「啊，原來如此。好吧，塔尼雅，人跟狸還是有所不同，所以呢，妳可以學假笑，但是千萬不要眞的把鼻子湊到人家腋下。去幫我把酒拿過來。」

武人嗤嗤笑了兩聲，他去拿了酒坐回帕克身邊，逕自打開酒瓶灌了起來。咕嚕、咕嚕、咕嚕，武人狸整整喝了一分鐘都沒換氣。隨著那雄壯的咕嚕聲，酒也迅速地減少了。帕克像是想吃掉狸般地瞪著武人狸；而在武人喝過癮以後，帕克轉過頭，問正在擦嘴的武人：

「你到底想讓塔尼雅去幹嘛？之前你已經讓我來個大變身，把我捲進麻煩裡。現在呢？你有什麼企圖？」

「很簡單啊，我要讓塔尼雅去誘惑依田與西野。我要造成醜聞。」

「為什麼？」

「你們人類鬥爭的時候，醜聞是一個常被運用的手段……」

就在這個時候，外頭傳來了敲門聲；帕克站起身往玄關處走去。

「哪位？」

「敝姓飯田，是《Snap Saturday》的記者。」

帕克打開門。外頭站著兩個揹著背包與相機的男人。

「你好……我們之前見過面嗎？」

「是的，兩三年前，您曾經在『鳥類觀察協會』講演過有關於森林當中蛾類的生態……當時我也在場。旁邊這位，是我的同事矢島。如果您方便，我們是不是可以採訪您一些有關於狸丘森林的事呢？據我所知，老師您近幾年來一直都致力於環保議題，真多虧您……」

帕克想都沒想地便轉過頭；門開著，裡頭的武人與塔尼雅都已經變回狸的型態了，乖乖地坐在書房的地毯上。

「不好意思，我孤家寡人的，房子裡難免有點亂……」

招待兩位記者換鞋，帕克直接把這兩個人引到書房去。兩隻狸看著帕克拉開椅子，想要湊熱鬧。帕克本來想趕走他們，但飯田記者阻止了他說，

「沒關係，我們都很喜歡貓。」

「貓？」帕克不由自主地轉過頭；不對啊，是兩隻狸吧……

「那算是褐色吧？這個毛色還不常見呢。」矢島朝著那隻蹲下身子，朝著比較小的那一隻伸出手。「喵——」塔尼雅學了聲貓叫。帕克則站在一旁笑了起來。

武人狸對他說：

「那些可惡的傢伙之前不是有來找你嗎？又是威脅又是利誘的，今天就把這些事都告訴記者吧！」

帕克偷偷瞧著這兩位記者，看來，對這兩個人而言，武人狸的話就只是幾聲貓叫而已。

「跟他們說啊。」塔尼雅也補了一句。

帕克揉揉眼，轉頭問兩位記者，

「喝點什麼吧？啤酒還是清酒？家裡也有威士忌。」

飯田與矢島都以仍在工作中爲由，婉謝了帕克的好意。帕克爲自己調了一杯雙倍威士忌，把自己埋入椅子裡；在那兩隻「貓」的注視下，帕克緩緩地開口說道：

「誠如兩位所知，現在的日本，像是狸丘森林這樣的地方，是非常珍貴稀少的。若要回溯起來的話，最早，是由德川治世的初期——」

「抱歉，您介意我錄音嗎？」飯田拿出一個手掌大的錄音機，然後按下按鈕。

帕克做了一個「請」的動作，然後繼續往下說。

「那邊的森林，從很久以前，就特別被保護起來。好幾百年了……不對，應該更久。人們會到森林裡撿拾柴火、會到森林裡採菇和野菜；那裡目前也還留有兩間燒炭小屋。當時的人，絕對不會去擾亂森林的秩序。不論是動物或植物，只要是在那裡繁衍的生命，都不會受到威脅。你們知道，關東地方的神社，裡頭幾乎都是奉祀『稻荷大神』——也就是狐。但這裡的神社很特別的是，裡頭奉祀的不是狐，而是『狸大人』。從將軍治世開始，這個森林就是禁獵區。有很多人從很遠的地方來狸丘，是爲了要求取泉水，因爲他們相信這裡的泉水可以治百病。這裡的森林便成爲自然的寶庫，野生動物的樂園。」

「特別是蛾？」飯田問道。

「是啊。啊，還有狸。」

聽著帕克的言論，塔尼雅喵了一聲。

「這樣好了，百聞不如一見，我帶你們去森林裡看看吧。」

把兩位記者帶到工地去；帕克拿出一張名單，上頭都是哭著賣掉這塊土地的原地主，他們繼承這塊祖先傳承下來的土地，世世代代地守護著這塊土地。除了這張名單外，帕克還拿出了一張反對建設高爾夫球場的居民連署。在權力之前，這樣的吶喊是否就被消音了？鳥、青蛙、蛇、山椒魚、動物、蛾還有蝶類當中的珍稀品種；帕克列舉出許多住在這片森林裡的生物。

「夏天的時候，這裡的蟬鳴聲……會大到說話都聽不清楚的地步。」帕克邊說邊想起……很久很久以前，他也曾經牽著妻子悅子的手，漫步在森林中。那是什麼時候的事呢？

「你們看，照字面上來說，『狸丘』就是狸所居住的山丘。但是，這裡幾乎已經是不可能做狸的棲息地了。不只是狸而已：松鼠、飛鼠、野兔、黃鼠狼……這些動物都將從這裡消失了，蜻蜓與螢火蟲，還有我最喜歡的蛾，也有同樣的命運。這裡的人們本來可以在這森林裡享受採摘菇類、野菜的樂趣，現在也已經不可能了……這些，都是拜西野議員、本市市長那樣的政客，還有那些建商、流氓之賜。」

「帕克先生，大部分的人聽到有流氓威脅，都會怕得要死；但是您似乎一點都不怕呢。」

「那是因爲我無妻無子，了無牽掛，今年又五十好幾，不論發生什麼事，都不會有人替我難過啊，所以，想把我怎麼樣都隨便他們；但是如果眞的對我動手，那些流氓才慘了。像我這種怪怪的外國人突然消失，媒體應該不會放著不管吧。」

飯田與矢島一邊聽帕克說話，一邊在現場拍了好幾張照片。站在那幾堆被砍下來的樹木旁，帕克也擺出幾個姿勢讓他們拍。照完以後，記者低下頭，向帕克致謝。

「去哪裡喝兩杯吧。」帕克說道。若是馬上就要回到有兩隻狸在的家裡，感覺很鬱悶。

「不好意思，我們還有其他的工作要做；不過，老師，不知道我是不是有這榮幸，請您幫我在這本書上簽名？」

飯田從相機背袋的側面口袋裡取出一本書，就是帕克所寫的《蠶蛾》。這本書不大，裡頭還有許多的插圖，五、六年前出版的，應該還沒絕版吧？帕克取過書，跟飯田借過一隻筆，龍飛鳳舞地在上頭簽了名，還寫了一段話送給飯田。

「謝謝您。」飯田伸出手，與帕克握了握。

「請您一定要加油，我們都會爲您打氣的！」

矢島也過來握手；他的臉上，露出了一抹害羞的微笑。

「可愛的貓咪們也是喔。」

6 對抗惡勢力

教室裡，學生座無虛席，沒有人遲到或缺席。帕克一踏入教室，全體學生就起立鼓掌，他拿著〈Creative English〉課程的講義，帕克不記得，自己曾經有此殊榮。站上講台，他把公事包放在講桌上。

「Good Afternoon, everybody。」

他用英文說。學生們也齊聲用英文回答他；行禮之後，大家重新落座。然後非常罕見地，有一個學生自動舉手發言：

「老師您出名了耶。《Snap Saturday》介紹了老師的事，說老師是英雄，我們也深有同感呢。」

帕克也看過雜誌了。記者一共用五頁來探討狸丘森林的開發問題；其中一頁有帕克站在被砍伐得亂七八糟的樹林前，指著一旁推土機的照片。其它還有那張決定性的，西野議員從黑道老大手裡接過信封的照片；另一張是獅子狗咬住信封狂奔，萬圓鈔灑落一地的照片。

其中一個女學生站起身來。

「老師，我們都打從心底支持您。謝謝您一生努力，守護著我們的大自然。謝謝您。」

學生們又開始用力鼓掌，帕克的臉都紅了。

「啊，不是只有我而已……很多人都在幫忙啊，這都是託大家的福。」

另外一個男學生開口說道：

「之前我也跟我爸爸談過高爾夫球這件事；我爸說那是有錢人的玩意兒，只會破壞環境而已。」

「擇日不如撞日，我們今天就來聊聊這個問題吧。」帕克一臉嚴肅地說。「你們知道嗎？高爾夫這個運動，起始於蘇格蘭。它的歷史很長久；起先，原本是放羊的少年們，無聊時打發時間的小遊戲。」

「老師，那大概是什麼時候啊？」

「嗯，我那裡有一本一八一二年出版的老字典，裡頭是這樣寫的——高爾夫，是蘇格蘭古時所流傳下來的競技，特徵是用棍子把球給敲出去。你們想像一下，趕羊的時候，不是要拿一隻前端彎曲的手杖嗎？他們這麼一敲，球多半會落在兔子的巢穴裡。不過呢，英國的兔子分兩種，一種是rabbit，一種是hare。Hare就是你們所謂的野兔，而rabbit是所謂的『穴兔』——就跟字面上一樣，這種兔子生活在洞穴裡。

所以，照這樣說起來，高爾夫原本並不是有錢人的運動。你們知道嗎？這個運動，當初在英格蘭與威爾斯造成流行，政府甚至還制定了周日不准玩高爾夫的法律。爲什麼呢？因爲只要是四肢健全的男性，週末從教會回來以後，都應該要練習弓箭。但是在那時候，高爾夫相當風行，大家都把弓箭丟了，跑去玩高爾夫。這對英格蘭來說，可是一個大問題。爲了要跟法國打仗，他們需要弓箭手。」

從討論高爾夫球的話題拉回這個運動對文化、大自然的影響；然再回到他所要談的事情。這可是帕克的拿手絕活。

而在這一週裡，帕克不論走到哪裡，都會有人圍上來；大部分的人都會對他表示好感，可是一到晚上，充滿敵意的威脅電話也不少。在武人的強力勸說下，帕克終於裝了錄音機；然後武人再拿著錄音帶，找上狸丘警察局。受理武人狸報案的，還是那位主張「強力掃黑，警民一家」的代局長。

在這之後，都沒看到塔尼雅的「狸」影。所以那些事情都是他的幻想吧？帕克暗忖著，是噩夢吧？或者又是因爲酒精的緣故？

這天傍晚，帕克下了課，走出學校大門，那隻武人六衛門，又穿著那件褐色的襯衫在那裡等著了。而站在他身邊的，正是塔尼雅狸。

「你們想做什麼？」兩隻狸各夾住他的兩隻手臂，帕克看起來有點狼狽。

「眞是的，我們要找你去吃咖哩，順便配上兩瓶啤酒啊。你看，那裡有台轎車在等你。」

「轎車？你們哪來的錢？」

「沒事啦，我用依田的聲音去弄來的，錢是西野付的啦。包括你的新衣服，都是那些傢伙買單喔。」

帕克不由自主地叫了起來。

「聽著，那本雜誌上有我的照片欸；萬一司機發現是我怎麼辦？要是這些東西搞到最後是我要付錢怎麼辦？」

「司機不是問題。你以爲我是哪裡來的狸啊，現在跟你說話的這個傢伙，可是在四國和佐渡島都享有盛名的狸大人。我會跟司機說你是從美國來日本的重要人士，你是來談汽車、柳橙與牛肉進口自由化的事情。」

「夠了你們，我才……你們要幹嘛！」

武人狸抓住了他的手腕，帕克不自覺地哀嚎了起來。那雙手明明就那麼小，但是力量卻很大；武人狸直接把帕克拉到那輛在陽光下，閃耀光芒的黑色林肯車，然後打開車門。

「爲什麼去吃個咖哩還要專程坐轎車啊？」

「因爲吃完咖哩後我們要去兜風啊。明天早上，依田祕書要陪西野議員、還有一個建設省的傢伙去郊外的某家高級高爾夫俱樂部聚餐。所以我們今晚要捷足先登，讓他們措手不及！但是空著肚子怎麼能夠作戰，當然是要吃飽了才去啊。」

「……司機眞的會忘記我的事情吧？」

「怎麼會忘記你的事，我只是會讓他的記憶不一樣而已。你看，彼得，我可是很爲你著想的喔。」

武人狸一邊說，一邊從屁股後面的口袋裡撈出一個酒瓶遞給帕克；而帕克呢，則是一口喝光裡頭的純麥威士忌。

車子在一家印度料理店前停下來；武人狸與塔尼雅馬上衝進店裡，點了最辣的咖哩及大罐啤酒開始大快朵頤。帕克也很喜歡咖哩，立刻跟著鑽進店裡。而武人狸呢，則是話匣子一開就關不起來了。

「首先在這個狸丘森林裡祭祀狸的，是弘法大師。我記得他從唐國、天竺回來後沒多久，在西元八〇六年以後吧。弘法大師來到這個森林，其實他是不是真的有來，我也不知道，弘法大師的聖跡遍佈全國，而關於我們狸族的傳說，最早是可以回溯到那個時候。

距今好幾千年前的繩紋時代初期，有一支狩獵民族以採集、狩獵維生，他們所崇拜的，就是狸。跟其他人類不同，這支不殺狸、也不吃狸肉。當然，也不使用狸皮。在他們周圍，有許多的狸跟他們一起生活著。」

武人狸突然轉過頭來，看著帕克。

「你應該沒吃過燉狸肉吧？」

「怎麼可能，我只吃過燉兔肉。」

武人狸擺了擺手。

「算了，都可以，我繼續說。這一族本來住在狸川附近，以獵捕野豬、鹿，還有在森林裡採集果實維生。這支部族製作一種壺，主要是在重要儀典時使用，上頭有很多裝飾。這些壺後來都被塞到杉樹的樹洞裡，後來有幾個是完整無缺地被挖掘出來。這些壺的手柄，都被做成狸的形狀。而壺身上的圖案，是正在跳舞的狸，想必他們是在滿月夜跳著跟圖一樣的舞蹈吧，但是，這一族後還是從狸川消失了。可能是被農耕民族趕出去了吧，也可能是打了敗仗。但是呢，壺與傳說並沒有從狸川消失。事實上，經過歲月的洗禮以後，傳說是有些變形了。

以前的人很恐懼進入狸丘森林。那時的森林，比現在還要廣闊蒼鬱。不知是從何時開始，人們開始謠傳說狸丘森林裡有『狸天狗』，還有其他妖怪出沒。

之後農業發展，附近的水田也增加了。因爲對於木材的需求，領主大人下令要砍伐狸丘森林的高大樹木，神社就是在那個時候建造的。而因爲顧及農民的信仰，神社裡供奉的是狸。

然後呢，燒炭工人也砍下許多大樹，拉去燒成木炭。森林變了樣。結堅果類果實的樹木增加了，獵人們也開始熱衷於追捕鹿與野豬。我們狸族，也常常變成燒炭工人玩；在那時候，我們狸族與人類都還處得不錯呢。

因爲那時人類沒有要把森林都砍光的想法，當然，我們狸族也還有容身之地。如果當時人類就開始動歪腦筋，我們是一定會跟人類拚命的！」

「拚命？你們狸貓也懂戰爭這碼子事？」

「是啊，還很擅長呢。眞要說起來，一般的狸只會跟狸動手；但其實以前發生過好幾場動物大戰呢。」

「我可沒聽說過動物與動物之間也會有什麼戰爭。」

「你沒聽過的東西可多了。像是螞蟻與白蟻，他們都是戰鬥高手，不同種的狒狒也會打架。不過如果比勇氣與想像力的話，我們狸族可是最高明的。你應該沒聽過我們狸族的戰鬥事蹟吧？你去過四國嗎？」

「嗯，好幾年前去過。那裡的阿波舞與酒都很有名呢，我還去了瀨戶大橋。」

拿起啤酒杯，喝光裡頭的啤酒；帕克叫來服務生續杯，這裡的咖哩很好吃，只是很容易讓人口渴。

「我們狸族與人類之間，最有名的戰役，應該就是四國大會戰吧。傳說，一個名叫大和屋茂衛門的染料商人，有一天看到孩子們正在欺負一隻狸。這位茂衛門就把這些壞孩子趕走，然後將這隻狸帶回家。就跟以前你幫助吃壞肚子的我一樣，茂衛門也替這隻狸療傷。我們狸族是很講義氣的，有恩必報。這隻狸叫做金長，他跟我和塔尼雅一樣，都很擅長變化。這位金長後來變成一位好青年，待在這位恩人身邊，跟他一起經營生意。而因爲他的能力與『人望』，這家店也越來越繁榮興盛。

但是，勝浦川的另一頭，住著一隻強而有力的狸——他跟我同名，也叫做六衛門。這傢伙看到金長這麼有出息，就想把女兒——可奈子嫁給他。這是事情的起因；後來六衛門看到這個金長，一眼就看穿了金長的來歷。六衛門覺得，這年輕人還眞不錯，就想讓金長繼承自己的衣缽。但是金長對這個一點興趣也沒有；六衛門因此感到火冒三丈，就從淡路島召集了人馬要修理金長。而金長只好變回原形，去跟他的主人茂衛門報告，希望茂衛門能夠同意他與六衛門對抗。

後來金長很快找齊了人手，他們決一死戰的地方，就在勝浦川的堤防上……當時，那裡還是一整片的蘆葦呢。戰爭結束以後，簡直可說是狸屍遍野。」

帕克雖然沒有完全聽懂，但是他也知道「阿波的金長」這個名字。他的班上，有一位從四國小松島來的女生。這個女生以前給他看過照片；照片裡，她與妹妹一起在一座有五公尺高的狸貓像前擺姿勢照相。那隻狸有一個大肚子，不過呢，那個狸貓像看起來像是建造沒有多久，肚子裡頭還有聲音感知器，只要在狸貓像面前拍拍手，感知器就會有反應，當場出現高達十公尺的瀑布。這可是絕無僅有的奇景。

「你們狸貓都怎麼打仗？抓過來咬過去？就樣你之前去咬那個流氓的手一樣嗎？那可眞是神乎其技哪。」

「啊，不是肉搏。」武人狸說。「傳說中，金長軍的武士狸，有精通弓劍之道的北辰一刀流高手。他們利用投擲石頭和火球，讓自己看起來好像很高大；有軍容旺盛的氣勢，他們手裡拿著棍棒，在上頭動手腳，讓人家產生這些是劍啊槍矛的錯覺，這是我們狸族的正攻法。」

「就像是打雪仗，有些人會在雪球裡塞石頭。」帕克想起了小時候的回憶。

「差不多就是那樣。」

「結果呢？」

「金長軍最後得到了勝利，那一帶也終於平靜下來，而從四國的淡路島到日本海旁的佐渡島，我們狸族勢力之大，可說是超出大家的想像。」

「我班上有一個四國來的女生，曾經讓我看過一張，她們在那個大狸像前拍照的相片。」

「啊，四國那裡有許多奉祀狸貓的神社啊。沖州也有流傳有名的狸貓故事呢，那裡以前可是漂亮的地方呢——有個美麗的沙灘，後頭是綿延兩公里長的松樹林。那裡的某隻狸貓，變身成一位名叫隱元的僧侶。這位僧侶來自高州，對那裡的人有所貢獻，因此還有奉祀他的神社呢。

以前我們狸族呢，也會跟人類一起玩相撲，一起遊玩。漁夫補了魚也會分我們一點，現在呢？美麗的海洋被填平、被水泥固定了，松樹被砍倒了，所有大自然的美麗都被醜陋的建築取代。人類的這種才能啊，眞是令人害怕呢。你們知道嗎，大自然原本的姿態，已經逐漸遠去了。所以呢，彼得，你快把啤酒喝一喝，我們要走了。」

「去哪裡？」

「千葉。那裡有一個高級的高爾夫球俱樂部，裡頭的成員都是萬

我們是保護大自然
二人組。

中選一的菁英。我們去那裡找樂子吧。」

「天色都晚啦。」帕克馬上反對了起來。

「我告訴你，我可從沒玩過高爾夫，我連板球都不會。」

「隨便啦，你來就對了。塔尼雅，別慢吞吞的！」

武人狸盯著眼前喝掉第五杯啤酒的塔尼雅看，而她擦了擦嘴，響亮地打了個飽嗝。客人們紛紛回頭瞄著他們，這時，首先鑽入電梯的塔尼雅，露出了尾巴在外頭。

「那個，可能只有我看到，妳的尾巴露出來了。」

聽著帕克小心翼翼的提醒，塔尼雅狸扯開了一抹笑。

「謝謝你提醒我，我剛剛疏忽了。」

然後，塔尼雅馬上縮回了那根褐色的尾巴。

等到他們抵達高爾夫球場，已經是晚上十一點多了。這三人下了車，穿過車子與車子之間的窄縫，他們爬上草丘，越過欄杆。兩隻狸恢復了狸形，跑在帕克身前。跑在這片被修整短齊的草皮上，武人狸毫不猶豫地往最近的球洞走，蹲下身，他在球洞裡留下一坨屎。塔尼雅狸也不落這位大伯父後，同樣找個洞如法炮製了起來。

「來啊，帕克，不要害羞，沒人會看到啦。」武人狸邊說邊往下一個洞穴前進。

「我怎麼可能跟你們一樣啊？別開玩笑了！英國的紳士怎麼可以在高爾夫場的球洞裡大便啊！」

「吃了那麼好吃的咖哩與啤酒，當然是沒問題的啦。」月光下，武人狸的犬齒，兀自閃動著光芒。

原來如此……帕克也感覺到了自己的下腹有點不對勁。

「但是，這裡沒有衛生紙耶。洗手要在哪裡洗啊？」帕克不假思索地開口問道。

「噓！工作人員會聽到！你去那邊的水塘洗手就可以了。還有，你的口袋裡有幾張餐巾紙吧？用那個就可以啦。」

武人狸邊說還趕忙移向下個球洞；另外也催促著帕克繼續沿洞大便。

「這樣做要幹嘛？」

「明天一大早，西野議員要和建設省官員一起在這裡打高爾夫球。這兩個人在唸大學時就認識了。而且呢，這個高爾夫球場，西野他們可是頭一批來使用的客人。你想像一下——那些傢伙把手伸進來拿球的時候，會連什麼東西都一起掏了出來啊？怎麼樣，這個畫面很讚吧！」

帕克聽了，忍不住笑了起來。

「身為英國紳士，卻做出了這麼下流的行為，不過，肚子痛也是沒辦法的事。」

帕克一邊說，一邊趕忙往下一個球洞前進。

回到家，已經是深夜了。隔天早上，帕克睡過頭了；心想早餐就吃土司和紅茶吧。起了身，就在這一瞬間，從窗戶往外頭瞧，他還以為自己看錯了，外頭停了一輛黑色大卡車……不，這不是一輛單純的卡車。這輛車的兩側、車門還有後方，都各有一個很顯眼的「旭」字。車窗上罩著一層金色網線，兩側懸著巨大的擴音器。車體上還有寫些什麼的樣子，帕克沒有完全看懂。他只認得出來「大日本帝國」、「祖國愛」這幾個名詞而已。看起來是保守派右翼組織的人……他們要在狸丘這個安靜的住宅區大聲廣播嗎？帕克摸不著頭緒，想得入神。

武人狸拍拍他的肩膀；帕克才回過神來。

「早啊，彼得，你總算醒啦？不用擔心那個卡車，那是我去借來的。」

「你去借右翼的宣傳車？你夠了吧！那些傢伙會跑來修理我的！況且你這樣亂搞，鄰居們會怎麼想啊！」

「不要緊張啦。我只是用了一點小把戲，讓那些保守的右翼人士，把我們當做夥伴，我讓他們以爲，上頭有命令要他們去俄羅斯大使館門前發表演說。嘿嘿，到時候會有更好玩的事情發生呢。

你不用擔心鄰居會怎麼想，別忘了，我可是堂堂的狸啊。除了你以外，其他人看到的是一輛宅配公司的卡車。所以呢，你快去刷牙洗臉吧，馬上要出門了。」

「我連早茶都還沒喝耶！」

「塔尼雅已經把茶泡好了，吐司也烤好了，就放在餐桌上。」

「狸貓準備的早餐能吃嗎？不行啦，我要自己做。」

武人狸聳了聳肩。

「隨你。不過你快點弄吧。」然後，武人狸便露齒而笑。

「我們要有那個意思，讓你把貓尿當香檳喝都不是問題。算了，你快點。我們跟人家講好了，晚上七點前要把車子開過去。」

吃過早餐以後，帕克坐上了這輛大卡車，他實在是開心不起來。沒辦法，右翼一向敵視外國人，這麼做很像是隻身進入敵營。看著塔尼雅，她是變身成滿頭電棒燙，穿著一身藍色制服的青年。武人狸的裝扮也看起來像是飆車族；帕克則是在他們兩人中間坐下。

他聽著兩隻狸貓的笑聲；忽然視線模糊，接著一陣耳鳴。那種感覺，像是時間突然停止了一樣。他剛剛昏倒了嗎？帕克心想。

「可以了，這樣你看起來也跟我們一樣了。」武人狸說。發動車子，轉動鑰匙，然後踩下了油門。

瞥了一眼車窗，帕克馬上發現，自己跟那兩隻狸一樣，穿了開襟的深藍色制服。那他最喜歡的手工領帶呢？帕克摸上喉際，領帶還在，只是看不到了。當帕克看到自己的髮型時，尖叫了起來。原先，他淡褐色的頭髮，現在卻成了一頭電棒捲的黑髮。除此之外，他的眼珠與眉毛也都變黑了，原本混雜著茶色與白色的鬍子，成了好看的黑鬍子；摸起來卻還是他原本那口邋遢鬍子沒錯……他試著笑一笑，車窗裡呈現的卻是一抹冷笑。就這樣，帕克不由自主地慘叫起來。

「我眞不敢相信！你們現在要做什麼！」

坐在往前疾駛的卡車中，帕克張望著。

「你們要到市政府前面？我要下車！我不要坐在這輛車上啦！停車！」

「你在說什麼傻話啊。你要是敢背叛我們，你應該知道下場吧。我們可是命運共同體，你要逃也逃不掉。哪，我告訴你。我們現在要先去西野他家和辦公室那裡鬧一鬧，可是呢，因爲會有警察巡邏，我們鬧一下就得走人。然後，我們要去黑道老大家那裡繞一下。那位大哥，聽說是住在某個高級住宅區呢。」

閉上眼，帕克拼命地祈禱，希望眼前的幻覺能夠馬上消失，一切異象都能回歸正常。但是……

這位黑道大哥的家，是一棟三層樓的建築物。外層以石材及磁磚構成，四周則是高達兩公尺的圍牆，再加上不銹鋼的大門……武人狸把卡車停在大門前，按下卡式錄音機的按鈕。擴音器裡隨即傳來巨大的聲音。而這樣的聲響，隨即在這安靜的住宅區裡引起了一陣騷動。而在這個宅邸裡，住的可是關東地區的幫派老大——崛口。

「外頭是在吵什麼？」對著眼前正在竊竊私語的屬下們，這位黑道大哥怒吼了起來。

「狸、狸、狸貓的肚子，沒風也會呼啦呼啦地動啊！」

奇怪的歌曲，就這樣持續了好幾分鐘。底下的小弟紛紛跑出去；坐在卡車裡的武人狸，就暫時切掉了廣播，拿起麥克風。

「各位弱者的救星、黑暗世界的英雄、鐵錚錚的男兒們啊，爲什麼要跟西野那種鼠輩同流合污呢？爲什麼要給那些傢伙好處，幫他們中飽私囊呢？所謂的江湖男兒不是應該要劫富濟貧嗎？英國有個羅賓漢，你們應該要跟他一樣啊！如今你們卻聯合政客，破壞森林——所謂的森林啊，從江戶時開始，不就是你們的避難所嗎？崛口大哥，你現在是要捨棄江湖俠客的傳統？你們的名譽，還有尊嚴嗎？是因爲你的手下們砍傷了那個拍攝黑道電影作品的導演，所以才要去諂媚那些骯髒下流的政客嗎？」

武人狸的口氣，越說越激動，帕克戰戰兢兢地躲到儀表板下方；

有些小弟早已衝出來，對著車門就是一陣亂踹。裡頭車門是鎖著的，倒還無所謂，只是踹門的聲音很刺耳。

然後，一個年輕的小弟從門邊的傘桶裡，拿出一根金屬球棒，對著車門就是一陣猛擊。

「你們應該攻擊的不是我們啊，應該那些邪惡的人才對啊。」隨著小弟們前仆後繼而來，從擴音器裡傳來的聲音也越來越大聲。鄰居們大概也都聽到了吧？小弟們氣得從外套的夾層裡掏出手槍。看到眼前這一幕，這位大哥走過來抓住掏槍的小弟就是一陣痛揍。對於這些衝動過頭的組員，這位大哥頓時大罵了起來。

「混蛋！快收起來！」

幾個住在附近的主婦剛好躲在簾後看到這一幕；那可是眞正的槍啊！驚嚇顫抖之餘，主婦們馬上通知了警察。就在這些流氓繼續努力想趕跑這輛怪怪卡車的同時，警車來了。

平時，住在這裡的人們，就對這位岖口有戒心。這位岖口先生的家裡，老是出入一些看起來很冷、很兇惡，但又禮貌周到的人士。雖然沒給鄰居們帶來什麼困擾，但是大家都還是很注意這些人……然而，也就如之前他們所想的一樣，大白天的就出事了！

混雜著那些流氓拿球棒砸車體的巨大聲響，還有擴音器裡傳來的「狸、狸、狸貓」的奇怪歌曲；過了好一會兒，警車的警笛聲才傳進鄰居們的耳裡。

「洛基！警察來了！要怎麼辦才好，我今天沒有帶證件啊！」

「沒關係啦，我們就要閃人了。」

換檔，加油，武人狸撞飛了兩個正衝上來的小流氓。

「塔尼雅，幫我一下！」

這兩個人交換了一下眼神；帕克只感覺到似乎有什麼事即將重演……一股熟悉的怪異感，隨即到來。就在警車抵達的同時，車上的警官看到的景象，是一群流氓圍毆手無寸鐵的宅配員卡車。警車上頭的幾個警官沒有等到車子完全停下來，便開了車門，直直地往小流氓的方向走去。沒有理會眼前這一團混亂，武人狸隨即踩下油門，把車子開離宅邸。

「你說這要怎麼辦才好、警察都追來了啊！你是狸貓，沒有關係，但我可是外國人啊！要是被驅逐出境怎麼辦啊？」

「不會啦，警察會先去問崛口底下那些小鬼的口供。等到他們弄完，我們早就跑了。他們才要擔心吧，拿槍的傢伙不只一個。這下子那些流氓非倒大楣不可了。而且呢，在警察眼裡，這不是什麼右派宣傳車，它只是一輛宅配車而已。這樣就可以讓他們認栽啦。」

於是，這三個人便得意洋洋地開著車，晃過東京街頭。武人狸還是把音樂開得震天價響，一個人自得其樂。不過，這次放的是迪士尼米老鼠的主題歌。

「Mickey Mouse、Mickey Mouse.

Mickey、Mickey、Mouse.

Mickey、Mickey，

Mickey Mouse、Mickey Mouse.」

每個行人都一臉驚訝地轉過頭，看著這裡。

「現在這是在幹嘛？」帕克說道。「為什麼我非得攪和在這場鬧劇裡啊？」

「我剛才說過，我們現在要去俄國大使館啊。這是要拜託你做的最後一件事了，我們需要你的幫助。」

在路的另外一頭，停著一輛機動隊的巴士。吉普車上還設有監視台，上頭站了一個警官，正在密切注意路上的動靜。就在他們的車子通過這位警官的一瞬間，這輛宅配用車，馬上變回右翼宣傳車的模樣。武人狸把車子停在大使館正對面。那裡其實已經停著其他的右翼團體的卡車了，帕克不安了起來。

而武人狸立刻抓起麥克風，慷慨激昂地演說了起來。

「你們這些俄國混蛋！你們奪走了我們的財產！快還我北方領土！我們要砍光那邊的樹木！我們要取盡那裡的魚蟹與海草！我們要在北方邊界蓋十幾個高爾夫球場！我們要把海岸線埋掉，把河川都用混凝土固定起來、在裡頭淘金！我們要流放北方民族，殺盡原生野熊，在那裡蓋渡假山莊！那是我們的財產！你們這些無恥之徒，還不把北方領土還來！你們都有了個車諾比了不是！」

那樣尖銳的言詞，瞬間讓那些先抵達這裡的右翼團體傻眼；他們很快便回過神來，進而由驚轉怒。四個人上前包圍了這輛車，然後開始伸腳踹門。

「你們這些國賊，夠了！」

搖下窗戶，對著圍繞過來的機動隊員行一個禮；武人狸隨即便表現出相當成熟明理的態度，表示要離開這個區域。

關上窗戶，重新打開一旁的卡式錄音機。裡頭放出來的，居然是左翼的宣傳歌曲「國際歌」。那可是共產主義的代表歌啊；卡車就在這首歌的襯托下，離開了俄羅斯大使館。

因為高爾夫球場的建設計畫，一人一狸成了好夥伴。

而在經過幾個右派團體的車子時，武人狸照例給了塔尼雅狸一個詭異的微笑。意識不清的情況下，帕克傻呼呼地下了車。等到他回過神來，他已經恢復成平時的模樣了。

看著剛才從卡車下來的帕克，幾個路人紛紛投以怪異的眼光。這個傢伙——看起來一點都不像那些右翼派人士。想著要平安無事地離開這裡，帕克一下車，就開始找球棒。在這個時候，這樣的情況，對黑道以及右翼團體造成極大的衝擊，就像是被熊襲擊過的蜂巢一樣。第二天，眞正的右翼人士便帶著兩台卡車，前往西野議員以及他的私人祕書，依田的家門前，交相指責舌戰。

而在另外一方面，之前提到的建設省官員，下定決心要和西野議員以及狸丘市市長徹底切斷關係。除此之外，他也在心底暗自發誓，他絕對、不會再來這個位於千葉的高爾夫球場打球。

7 惡作劇的臉

西野議員與他的私人祕書依田，持有許多高爾夫球場的會員證，那可是價值高達好幾千萬元。對他們來說，這是「爲社會大衆鞠躬盡瘁」後的特權。而除了這些高爾夫球場的會員證外，早在好幾年前，他就連辦公室附近的健身中心會員證一起買了。光是這樣，就花了他四百萬元。但是，這與那些任何人都可以拿到會員證的高爾夫球場不同，沒有其他會員的介紹信，是沒辦法進入這個健身中心的；這個健身中心才是眞正的會員制。畢竟對很多人來說，他們可不願意自己全身赤裸的樣子，或是揮汗如雨健身的模樣，讓完全不認識的陌生人看光光。

設備當然是不用說了。健身室裡擺的是最新的機器，游泳池則是採奧運規格興建。從淋浴設備到浴缸一應俱全，從三溫暖到按摩浴缸則是一樣不缺。寬闊的休息室裡，有躺椅，還配有超大螢幕的電視。

旁邊，還有個吧台供君享用。

這一天的午後，依田輕鬆地來回游過兩趟後，便悠閒地去享受洗浴設備。就在這時，一個男人從更衣室裡走了出來。那不是熟面孔，看起來像是新進會員，個子不高，穿著一條褐色短褲。引人注目的是，這個矮個子男人的體毛之多，在東方人中可說是相當罕見，甚至連肩膀上都有一層厚厚的體毛。男人的體型非常的壯碩，外帶一張圓臉，五官鮮明地有些微妙。踏入訓練室後，他就找了一台機器，開始擺弄玩著。想來，這個男人的體力應該是異常充沛？看他那個樣子，與其說是在鍛鍊身體，倒不如說，像是小孩子在玩玩具。

依田拉著一位工作人員，想要打聽這個男人的來歷。

「那個男的是誰？最近才加入的會員嗎？」

「啊，依田先生，那是武人教授。俱樂部開張的時候，他就拿著三位客人的介紹信，取得會員資格。他已經付清三年的會員費了呢。」

「武人……教授？」

「是，他是東洋醫學院的醫生。他的醫術非常高明，昨天有一位教練受了傷，這位武人醫生馬上幫忙急救治療。他是一位非常親切的人，總是免費為這個俱樂部的人診療呢。」

「喔——」感到一種莫名的不安；依田總覺得，自己好像是在哪裡見過這個人。等到武人轉過頭，對著依田微笑；依田才知道，他為什麼會有這種感覺。這個傢伙在雜誌上曾經出現過，好像是在中國進修過的醫師。對著朝著自己揮手打招呼的武人輕輕地點了點頭，依田逕自往蒸氣室的方向走去。

幾分鐘之後，武人也出現在這間蒸氣室中，然後，他在鋪了毛巾的板凳坐下。坐在板凳另外一頭的依田，此時正擦著自己身上的汗水，不時轉動右腕，整個臉也皺了起來。現在的依田，他的肩膀很痛，全身都疲勞僵硬不堪。說到底，還不是為了狸丘的高爾夫球場興建案，那個工程不知是哪裡撞了邪，好幾個金主都抽了手，不知道能不能說服西野議員啊……做做樣子也好，如果可以打著「環境保護」的口號，稍為提升他們的形象。順利的話，說不定可以讓幾個大企業挹注資金。只要能夠募集到資金，議員在黨裡的地位也就無人能出其右了——就在依田一邊按摩著自己的肩膀，一邊思忖著的時候，武人開口問他：

「肩膀酸痛嗎？」非常同情的口吻。

「是啊，人一到四十歲就這個樣子了，看多少醫生也治不好。」

「嗯，看起來，您年輕的時候很熱愛運動啊……網球，對吧？」

「是，網球與高爾夫都有。」

「原來如此。」

盯著武人的臉看，依田有些驚訝，連汗都顧不及擦。

「聽說您是醫生？」

「是啊，我擅長藉由『氣功』來導正患者體內的能量。這個大自然之中，也有所謂『氣』的流轉。你到森林裡或是山裡，就可以感覺到了。我幫你看看肩膀吧，說不定會好一點。」

沖過澡，這兩個人換上柔軟舒適的浴袍，一邊喝著冰啤酒，來到休息室。依田靠在躺椅上。

「怎麼樣？我幫你看看肩膀？」

依田雖然還有點半信半疑，但他也聽說過「氣功」的功效。反正不會有什麼壞處嘛；他是這樣想的。

「那就拜託您了。」

武人喝乾了啤酒，站到依田身邊，就像在祈求什麼，他雙手合十，像是要撐開肚子似地深吸一口氣。然後，他維持雙手合十的動作，把手臂高舉過頭，一邊繼續吸氣：「嚇！」武人喝道。

休息室裡頭只有六個人；而除了他們以外，其他人都是很悠閒的模樣。依田不由自主地環視四周：如果弄得人家大驚小怪，丟臉的還是他啊……

這位醫生的腿還眞是……短啊，依田一邊想著；就在這個時候，武人睜開眼，一臉微妙的表情，他把右手放到依田的肩膀上，左手則抵著他的頭。一股熱流從他的手掌當中流出；就在那股熱流走遍全身的同時，依田也隨之恍惚了起來。然後，武人拿開手問道：

「哪，你抬抬手，看怎麼樣。」

照著武人的話做，依田一臉驚訝。之前，他的肩膀還酸痛成那樣，現在已經完全好了！

「完全不會痛了！」

「除了肩膀外，你還爲頭痛所苦，對吧？」

「這個嘛……」依田含混不清地應答道。

「我看你的臉就知道了。你是因爲壓力太大，所以很緊張吧？臉部肌肉很僵硬喔，稍爲放鬆一下會比較好。說不定會有一點點副作用，不過那是暫時的，不用太過擔心。來，放鬆……」

武人邊說著，又做了和剛才一模一樣的動作；只是，這一次他雙手扶住了依田的兩個太陽穴，然後同樣做了起來。又感覺到一陣恍惚，等到武人的手離開他的頭，依田便感覺到頭部輕了不少。整個人輕鬆許多，他頓時對武人充滿感激之情。

「眞的很謝謝您，醫生，說再多都不能表達我對您的感激之意啊。」

武人笑了笑，點了點頭，轉身就要離開。然後，他把啤酒罐放在馬上睡著了的依田身邊。

從那之後，依田逢人便說武人醫師醫術精湛。當然，西野議員也是其中之一。

「議員，您一定要試一次看看！一點也不痛，醫生不會用針，也不會把您的身體扭來扭去的。您不是常常背痛嗎？給他看看如何？」

「你有名片嗎？」

「沒有；您如果去健身俱樂部，一定會碰到他。如果是那裡的人，他一定會加以診療的。」

而在這個時候，西野也的確是相當疲憊，神經也繃得很緊。這幾天來，右翼團體的宣傳卡車，一直纏著他不放。爲了要擺平這些人，他可是花了不少錢。如果可以去健身房、游泳池動一動，然後去三溫暖放鬆一下，再怎麼疲勞應該都能不藥而癒。更何況今天晚上要與建設公司的社長見面呢，時間正好。於是，西野要依田把他下午的行程都取消掉，要司機直接載他往前健身中心。

而在一連串的健身鍛鍊後，西野進了三溫暖。出來以後，他在休息室遇見了武人。這時，武人正穿著浴袍，看著電視。

「武人醫生嗎？」

矮個子男人微笑著，抬起頭。

「我是不是以前在哪裡見過您……？」

「啊，原來是西野議員。」武人馬上站起身，開始寒暄起來。

「這是我初次與您見面呢，議員先生見過的人應該有上千吧？所以才會這麼敏感。您有哪裡不舒服嗎？日前，我曾有幸與您的祕書依田先生見面，他的身體情況好嗎？」

「我是從依田那裡知道，您治好了他的肩膀。我想請您看看我的背痛……」

「喔？背痛？是腰部那裡嗎？我幫您按摩一下吧。剛好現在這裡沒有什麼人，像議員您這樣的人，一定累積了許多壓力吧。說不定我還能夠幫上一點忙呢。」

於是武人讓西野躺上按摩用的長椅，繞著這位議員走一圈。接著，他蹲下馬步，雙手畫出了個大弧形；伸吸一口氣，就像電影裡的功夫高手一樣，他大喝一聲後，停下腳步，雙手緊貼西野的背部與胸前。最後，武人的手包覆住西野的頭部兩側，「哈」的一聲，雙手用力拍擊。然後他嚴肅的神情緩和了下來，往後退了一步。

「這樣應該就不會讓人緊得難受了。」武人的臉上，露出了一抹意味深長的微笑。「您的症狀應該已經緩解許多，您可以放心了。只是，請注意不要活動過度。」

「您眞是太厲害了！我的背完全不痛了！我一定要好好謝謝您！」

「請別客氣；我也該走了，那麼就此告辭。」

黑頭車停在健身中心門外，依田就坐在車裡等著。

「議員，你遇見那位精通『氣功』的醫生了嗎？我聽櫃檯的人說了，您似乎是見到他了？」

「嗯，他是很有一套。不過，他身上怎麼有一股怪怪的臭味啊？」

就在那個傍晚，西野與依田前往某個高級餐廳赴約；由於這餐廳只招待熟客，所以西野向來中意這家，也總是選在這裡招待客人。西野年輕的時候，這裡的老闆娘還是個藝妓。那時，他便大手筆地買下這個餐廳送給她。西野一到，老闆娘就帶著穿著和服的女侍，守在玄關處，準備迎接西野。深深地低下頭，然後這兩個人在前領路，帶著西野進入最裡面極盡奢華的和室。一進入這和室，西野就在裝點了花與掛軸的壁龕前落座。才拿起茶杯，建設公司的社長與兩個手下就到了。一頭白髮，理了五分頭的社長年約六十出頭，身材非常健壯。依田轉過身與他寒暄，笑著招待他入內。

就在這個時候，社長一行人突然停下了腳步；因為依田突然歪著臉，連舌頭都吐出來了。一向在這種場合都輕鬆自在的西野，也突然歪了臉，吐出舌頭來。

「你們在玩什麼？新的玩笑？」聽到這位社長的質問，西野與依田兩個人愣住了。他們只是陪笑幾句而已，怎麼了？

社長的兩個部下，一臉不安地對看了一眼。他們還是第一次見到敢跟他們社長做鬼臉的人；就算是再怎麼心胸寬闊，面對這種情況不可能不發火吧。

「坐、坐。先來喝兩杯吧，別在這裡傻站。」拼命地打圓場；女侍一拉門進來，西野就馬上點了啤酒與清酒。

在西野的對面落座；建築公司的社長遞出酒杯，西野則是忙不迭地為他斟滿啤酒。然後，社長接過酒瓶，也為西野倒了一杯啤酒。在場的五個男人舉杯，當下把酒喝乾。就在這個時候，社長與他的兩個屬下，全身僵直，彷彿冷凍了一般地盯著西野與依田瞧。只見這兩個人，一起嘴歪眼斜，舌頭長長地吐了出來。

「你們到底是在耍什麼把戲？」

西野抬起手，打斷社長的話；然後他看向依田。

「把戲？」

「為什麼對著我把舌頭吐出來？那讓人非常不愉快。大家都是成年人了吧？」

「您在說什麼啊？我們只是向您笑而已啊。」依田說。

「你剛剛不是朝著我們社長吐舌頭嗎？」社長的屬下之一開口斥責依田。

「講那什麼蠢話！」西野說：「依田幹嘛那樣做？」

「議員您也把舌頭吐出來了，不是嗎？」社長說。

「怎麼可能……算了，您倒是別客氣，快喝吧。」

社長砰地一聲，重重地放下了手上的杯子。

「不管對方是怎麼樣的大人物，我沒興趣跟向我吐舌頭的人喝酒！」

社長轉過頭，指著他的兩個部下。

「你們剛剛也看到了吧？這兩個人對我吐出舌頭，沒錯吧？」

「是。」兩位部下一齊回答道。

「那麼你們還拿著杯子幹嘛！」

看著兩個慌忙把杯子放回桌上的部下，西野與依田困惑地對望了一眼。這社長，幹嘛氣成這個樣子啊？

「你不喝我的酒嗎？」西野也強硬了起來。雖說在這樣的狀況下，他是應該擺出一張嚴肅的臉孔才是，但他的臉上，卻是一抹輕蔑的笑意；他的耳朵也微微顫動著。

「西野議員！請你解釋清楚！你到底在玩什麼遊戲？又不是小孩子了，要玩這種把戲我恕不奉陪！」

西野愣了一下，轉頭看著依田；就在這個時候，這位社長暗暗思忖著，這位議員是否罹患了顏面神經痲痺……這位議員最近似乎是被媒體盯上了，又碰到右翼的宣傳卡車騷擾攻擊；說不定他是因爲這樣，所以才會變成那樣？社長與他的兩位部屬，暗自思忖著。

「算了，我們好好地談談有關工程的問題吧。」

接著就是喝酒談笑，整個晚上的會談與應酬，其結果都令雙方十分滿意。準備送客人離開走在石板鋪成的小路時；老闆娘與女侍發現了西野與依田的「異狀」，她們雙雙睜大了眼。但店裡的其他人，又很快地低下了頭。這兩位客人現在又是一起嘴歪眼斜，吐著舌頭了。

如果現在表現出驚訝的模樣，他們一定會很不高興吧？站在一旁的社長，也只能看看老闆娘一眼，然後微微地搖搖頭。

第二天，當西野站在國會裡答辯時，武人的「治療」又再一次產生了效果。就在質詢人把目光從總理大臣身上移開的時候，西野議員不知是哪裡不對勁，對著在野黨的質詢人眼歪嘴斜，吐出舌頭來。在那一瞬間，整個會場突然鴉雀無聲。之後，怒吼與笑鬧聲突然讓整個會場騷動起來。西野本來想要擺出政客最擅長的假笑策略，但顯然適得其反。更糟糕的是，這場會議正在現場轉播，所以「眼歪嘴斜吐出舌頭」的西野議員，隨即被播放到電視螢幕上了。

這時，在帕克家裡，武人狸大喊著「快來看電視喔！」，吵得帕克只得乖乖坐在書房一角，一邊看電視，一邊喝著酒。就當西野議員吐出舌頭的那一瞬間，帕克捧腹大笑了起來。

「那是你做的？幹得好啊！」

而在西野議員第二次吐出舌頭時，帕克則是連酒都噴出來了。

「『氣功』這種東西啊，實在是太棒了。」武人狸笑了起來。

「效用會持續多久？」

「大概兩三天吧，不過那就夠了。讓他們在那邊吐舌頭動耳朵的，誰都會認爲那兩個人不正常。如果可以再對他們動一次手是最好啦，不過我交出去的介紹信與錢都只是裁開的紙條而已，差不多是該露餡了。如果想再潛入那裡，要再想個辦法會比較好。」

「那依田的肩膀與西野的腰呢？」

「當然是治好了。要跟他們面對面也只有這麼一次而已，更何況，這樣才算是公平吧。」

「這種公平有必要嗎？那些人不是我們的敵人嗎？狸丘森林遭到破壞，他們可是兇手耶。」

武人狸搖了搖手指。

「勝利的時候也不能忘了慈悲啊。聽著，彼得。到目前爲止，已經有上百個反對興建高爾夫球場的運動失敗了，但是狸丘不一樣，勝利就在我們的手裡，只要我們能夠控制住局勢，把那些醜惡的事都拉上檯面，那麼，就像是海豹總得要浮出水面換氣一樣；你高興的話用鯨魚來比喻也可以。總而言之，邪惡這種東西呢，總有一天，它的眞面目會浮出水面的。只是時間問題而已。我可以向你保證。」

歎了一口氣，帕克整個人都癱在椅子上。

「一定要阻止那些人。如果不行的話，我什麼都不要了，我回英國去。」

「少沒出息了，你不是打定主意，要埋葬在這裡嗎？」

注視著前這個老夥伴；眼前發生的種種，真的是真的？直到現在，這樣的疑問，不知道在他腦海中浮沉了多少次。每天早上，蜷曲在被窩裡的其實不是人，而是一隻大狸貓？這是他神經衰弱，不，還是他其實應該要被送進醫院去了呢？

「武人先生……」

「叫我洛基。」

「那麼……洛基，我已經從你那裡，聽了許多有關狸族的事。我知道，你是一隻德高望重的大狸貓。然而，雖然你也在我面前做了很多事，讓我相信你的確是……狸貓。我在這裡生活也超過二十年了，但是這樣的事，還是超出了我的理解範圍。我到底要該怎麼去想最近發生的事呢？我的腦袋已經不行了嗎？還是我吃了什麼藥還是毒菇？我也想過應該是酒精中毒吧，才會有這種幻覺或是錯覺。你說的那些變成人啊什麼的，我到底該怎麼看待才好？」

武人狸探出了身體。

「你不是個英國紳士嗎？不正大光明怎麼行。」模仿著帕克的英國腔，武人狸說。

「哈！」然後，武人狸大笑了一聲。「你們英國人，比狐狸還狡猾呢。你們騙了世人幾百年不是嗎？」

「喂，別岔開話題。」帕克有點生氣。

「你聽我說嘛；你是天主教徒吧？」

「算是吧。我是受天主教教育長大的。」

「所以你知道天主教聖公會的彌撒，與Anglican Communion——也就是英國國教會與聖公會的聯合組織——的意義嗎？」

「當然。」帕克回憶：在十二年前他還是聖歌隊的一員，那一年，剛好是他的堅信禮；幼兒時期受過洗禮的人，在成人以後，要再一次告白自己的信仰，成爲教會眞正的一員。那時，他碰上了變聲期，穿著華麗法衣，拿著鑲嵌有寶石的法杖，主教把手放到少年的頭上；然後，少年跪在祭壇前的階梯上，將無味的聖體放入口中，形式地喝一口銀杯裡的紅酒。然後副主教會讓教徒一個一個人都傳過這個銀杯，每一人使用過以後，他就用手上的白布，擦擦那只聖杯的邊緣。

「耶穌基督在被釘上十字架以前，曾經有『最後的晚餐』，就是讓我們想起那個晚餐的儀式。耶穌拿著麵包與酒告訴他的弟子——這是我的肉，這是我的血。」

「也就是說，偉大的耶穌把麵包說成是自己的肉，把葡萄酒說成是自己的血。弟子們信了；但是你可知道，這是基督說謊，欺騙了他的弟子？」

「這……。」

「彼得，你想想，聖公會與基督新教已經爭執不下幾百年了。據我所知，教導信徒把麵包與紅酒當作是基督血肉的，只有聖公會而已。對新教來說，那只是一種象徵而已。他們認爲把麵包與葡萄酒當作是基督的血肉，那是隱匿眞理的說法。你信哪邊？你應該是英國國教會的信徒吧？」

「是啊，多虧了國王亨利八世想離婚呢。你剛剛說的爭論，對我這種俗人來說，太嚴肅了。就我而言，在堅信禮上喝的葡萄酒，就只

是一般葡萄酒的味道而已，我喝不出血味。不過我是沒有機會去體驗血的味道就是了。」

「所以我說，我們狸族知道這個道理，我想你也應該知道才是。雖然說在日本也有祭祀狸的神社，但人的信仰啊，是沒有絕對的，沒有人能夠宣稱自己說的是『唯一的眞理』。比如就像聖公會的教義⋯⋯

超越宗教與物種的界線，我們就是好朋友。

……我聽說，他們認爲動物沒有靈魂，你覺得呢？像中國的佛教就不這麼說，而從澳大利亞算起，南到非洲，北到北極，這個世界上，被冠上『原住民』的人，沒有人相信這種說法。彼得，你呢？你眞的認爲，動物沒有所謂的『精神』嗎？」

「沒那回事！方濟會的創立者——阿西西的聖方濟、英格蘭的修士，還有被視作爲水獺守護聖徒的聖庫斯伯（St. Cuthbert）都認爲只要是生物均具有魂。說眞的，靈也好魂也好，如果說人類是唯一特別的存在，這種說法實在太過傲慢了！」帕克一邊說，聲調也提高了起來。「我們人類的生命，是以其他生命作爲食糧去延續的；但是那不代表，這些生命沒有屬於他們的權利！蛾也有牠們的權利啊，樹木也是一樣！人類啊，應該要對這些奉獻生命供養我們的生物們表示深深的感謝啊！」

帕克說到激動之處，臉都脹紅了，他雙手握拳，高高地揚起揮舞著。武人狸忍不住對此高聲喝采。

「不愧是我選上的幫手！這樣說起來，當你在吃漢堡的時候，應該沒有把對牛的悲憫拋諸腦後吧？」

「那是在牛隻被屠宰以前；就我來說，去憐憫被做成漢堡的牛，是浪費時間。無論如何，我想，耶穌基督想表達的，應該是他把自己的生命奉獻給世人的精神吧。他說麵包是他的身體，酒是他的血液；而當我們把這兩樣東西吃下肚，基督的生命就進入了我們的身體當中。對我而言，這儀式應該是這樣解釋的。」

看著武人狸的笑臉，帕克與這隻狸貓對談關於宗教的種種。

「相信啊……」武人狸開口說道。「那很重要。你去相信它，那麼，它就是眞的。所以你覺得我們狸族不可能化成人形嗎？你不是看到了？你去相信就是啦，那麼，我們就會是眞的。來，多喝兩杯吧。櫃子裡頭還有一瓶上等威士忌不是嗎？喝一杯吧？」

「謝謝你的好意。不過，那東西是眞的威士忌吧？」

武人狸搖晃著肚子，笑了起來。

「你以爲是我特意弄來的啊？算了，用你的眼和舌去體驗吧，彼得，百聞不如一飲，是吧？」

打開十二年的陳年威士忌，咕嚕咕嚕地喝了起來……看著武人狸喝那瓶酒，帕克聽見了世上最悅耳的聲音，看這琥珀色的液體，帕克忍不住也以口就瓶，灌了起來。停下來，他聞了聞，又是一口。這香氣沒話說，喝起來也相當順口。但這隻狸貓，到底是從哪裡弄來眼前這瓶酒？也是啦，他都不記得的話，也沒有人會記得了。這瓶酒簡直就是他的最愛，帕克抬起頭看著武人狸以手撫胸，那張圓臉上，浮出沉痛的表情。

「這可是Real McCoy——眞品呢，請用。」

麥考伊——一說到這瓶酒，帕克就想起立致敬，那可是美國釀造私酒的名人；……一隻大狸貓。一想到這，他又倒了一大杯酒。

「仔細想想……」武人狸認眞地說。「如果你用水，加上一些不會對人體有害的原料，做個兩三打好喝順口的『狸貓威士忌』，這樣，錢就不是問題了。」

「原來如此。不過這瓶『狸貓威士忌』，只會讓人有微醺的效果吧。要讓人醉上兩天，那恐怕要動點手腳了。」

帕克說著便陷入了沉思；武人狸則是坐了下來，看著眼前的帕克。而在屋子外頭，有一隻大烏鴉正激烈地鳴叫著。

「嘎、嘎、嘎——！」

「聽到了、聽到了。」帕克放下杯子，站起身。「臘腸與美乃滋是吧，我知道道啦。」

武人狸笑著說：「你也聽懂他們的話啦。」

帕克走向冰箱，若讓情報人員空等，要是讓牠們耐不住性子，而把情報洩露出去，那可就糟了。

8 桃色糾葛

對狸丘的森市長來說，他每天一定要喝韓國人參茶與鹿角粉。不只是這樣，維他命E與魚肝油也是不可或缺。總之，只要能夠強精補腎的藥，他都希望能多吃一點。身爲一個男人，市長當然希望，自己隨時都能像個男人！

但是，在他家裡似乎沒有辦法讓他如願。他老婆囉嗦的要命，根本沒有那種說愛不愛的心情。好幾年了，老婆連他的名字都不叫，整天喂來喂去的。而在已經二十五歲的女兒面前，他只能扮演一個威嚴、值得信賴，又有求必應的慈父角色。

多虧了那個高爾夫球場的計畫，讓他找到機會，可以到東京一遊。原本他經常應酬的地方是距離他家有一小時車程的「Big Persimmon」，不過這幾個月來，他最常利用的反而是『HOTEL AKASAKA』。他選在這裡招待那些政府高官，應酬還沒結束末班電車就走了。從這裡叫計程車回去，那是浪費納稅人的血汗錢啊——森市長總是有辦法振振有辭，告知家裡今日外宿。但是，實情當然不單純；從那一次接受建商招待，去過那家酒吧以後，森市長就成了那裡的常客。

雖說在狸丘，也有幾家美女齊聚的店，但那畢竟是自己的地盤，一舉一動大家都在看著。再說，他也得爲自己的連任做打算；本來森市長是想，蓋了高爾夫球場，他就能夠藉此提升本市形象，但是沒想到市民的反彈會這麼大；森市長完全不想被市民看作是濫權不法之徒。如果有什麼奇怪的傳言到了老婆耳裡那就糟了；幾年前，他曾經爲了老婆用「喂喂」地叫他而心生不滿，但當他正眼對上那個性情剛烈的鐵娘子，他馬上就動彈不得。要找她說什麼呢？當然是免了。

所以呢，規矩之多的大飯店，自然是他最好的選擇。表面上，這些大飯店是不會讓客人帶著單身女子共同住宿的。但是再怎麼樣，這些服務人員，也不會一一去查房客今天是不是有客人。

先跟酒吧裡的女侍約好時間，然後把人帶到飯店裡頭附設的酒吧繼續喝……這是森市長一貫的伎倆。這間飯店的酒吧，位於頂樓。森市長總是帶著他的女伴，坐在這頂樓的酒吧裡欣賞夜景。等到氣氛差不多了，森市長就先行離開，回到房間等著「訪客」來敲門。

這天晚上，森市長故技重施，約了一位酒吧女侍到飯店頂樓去喝兩杯。坐在窗邊的位子上，森市長啜飲著威士忌。他帶來的女侍先去洗手間了；點燃煙，森市長的目光，落在街道旁的路燈上，一派成熟風韻。這樣的魅力，是成熟男人所獨有的，那種性感是毛頭小夥子怎樣都比不上。只要是被他擄獲了，那些年輕的女孩子誰都跑不掉。森市長自己是越想越高興……。

眞慢啊。市長看了一眼手腕上的勞力士；以前帶女人出來玩的時候，他跟西野議員還滿有話說的。那傢伙，可是一個眞正的政治家啊，有野心又強悍——不只是在政治上，在女人這方面也是一樣。

就在這個時候，一個人的身影進入眼簾；那個女人正與一個外國人一起喝酒，而那個外國人……他總覺得在哪裡看過他。個子很高、很瘦，頭髮稀疏到幾乎快禿了的地步。他穿著蘇格蘭絨製上衣，襯衫上還打了領帶，不過，看起來像是連續穿了一個禮拜似的；而女人則是頂著一頭亂髮，衣服比那個外國人還糟糕，那件褐色襯衫，已經皺得不成樣子了。市長從鼻子裡哼一聲，這飯店也未免太不挑客人了吧。穿成那樣子還讓他們進來。

在此同時，市長帶來的那位女侍，正在化妝室的鏡子前拚命地塗著口紅。對她來說，森市長是一個滿身刺鼻古龍水味的討厭男人。明明就是個色狼，還想裝酷……。

她回神之後，才注意到身邊站了一位穿褐色洋裝的女子，留著一頭栗色長髮，這位女子對著她微笑，然後開口說道：

「您好，我是塔尼雅。」

「不好意思，請問您認識那個男的嗎？」塔尼雅開口問道。

「男的？」

「就是跟您一起來的那個男的……看起來很討厭的歐吉桑，是狸丘市市長吧？」

「那跟妳無關吧？」

雖然女侍的口氣有點不客氣，但塔尼雅仍然保持微笑。

「我跟妳說喔，那個男人，之前每年都會帶著同黨前往亞洲各國。美其名說是『出國考察』，考察什麼誰知道。就在那段期間，那傢伙去了不該去的地方，玩出火了；染上絕對不能跟老婆說的病……。」

這位女侍看著塔尼雅，眼睛裡充滿了驚懼之色。

「是很可怕的性病嗎？」

塔尼雅點點頭。「妳一定要小心一點。妳還這麼年輕漂亮，我一定要告訴妳。」

這位酒吧女侍點點頭，臉色凝重。她到衣帽間拿回自己寄放的物件以後，就離開了這間飯店。

她的大伯父武人六衛門就坐在市長附近。她按照伯父的指示，刻意地抬頭挺胸，充滿風情地走出來。從剛剛開始，森市長就緊緊盯著女用化妝室，現在目光更是被塔尼雅的好身材吸引過去。她那合身的洋裝，完全襯出她姣好的曲線。這女孩子看起來不像是本國人，有些混血兒的味道。

就在這時，市長又看了一次手錶；怎麼回事，那女人是跑到哪裡去了？怎麼這麼慢？

塔尼雅挑了張椅子落座，點了一杯琴湯尼。從市長的座位看過來，她豐滿的胸型，一覽無遺。

當大伯父武人提出這個計畫的時候，塔尼雅還覺得這主意未免太下流了。但她大伯父說，這只是市長自作自受而已，那種人難不倒妳的。對於她的抗拒，武人也只是一笑置之。像森市長這種追著年輕女子後頭跑，但自己的女兒，只要晚上十一點沒回家，他就大發雷霆的人，這算什麼……她的大伯父說。

「這也是作戰的一環，塔尼雅，妳照我的話去做就是了。」

所以她又化爲人形了。

森市長漸漸地不耐煩了起來。他不斷地看錶，腳也不斷地抖著腳。然後，他的目光落在塔尼雅身上。當她噘起嘴，啜飲著杯子裡的琴湯尼時，眞是性感誘人啊。塔尼雅對著森市長笑了笑，她的一舉一動，彷彿都在誘惑森市長。塔尼雅又移座到市長身邊。

「今晚，我被放鴿子了。」聽著塔尼雅突如其來的告白，市長皺緊了眉搖搖頭說：

「妳還沒結婚？」

塔尼雅點頭稱是。

「妳是跟父母住在一起吧？」

「不，我最近在大伯父那裡待幾天。」

「妳那個伯父都不會說什麼嗎？女孩子出來玩得這麼晚。」

塔尼雅笑了。

「怎麼會呢，我們都是夜行性動物啊。你呢，你一個人？」

「不，我有女伴……」

「是那位穿著藍色洋裝的漂亮女生嗎？我剛剛在洗手間有看到她，後來拿了大衣就走了耶。」

那女人——市長只感覺到胸口一陣緊，然後，他又開始大口喝起酒來。

「歐吉桑你結婚了吧？」

「是啊。」

「啊！壞人！那你還跑出來跟其他女生約會！真狡滑啊，你這個人。」

「我沒那麼想啊。」

塔尼雅一邊笑著，市長被她攪得心猿意馬，開始打著她的主意。

請問芳名啊，再來一杯琴湯尼如何啊？嘴裡說著老掉牙的話，又說去我房間裡再喝之類的老套。

只有一杯喔。面對提出邀約的市長，塔尼雅說。

這對森市長而言，當然是無與倫比的好運。森市長迫不及待地辦好入住手續，把房間號碼寫在紙上遞給塔尼雅。塔尼雅看著森市長上樓後，走到武人狸的桌邊，看著帕克微微地笑了起來。

「就跟伯父說的一樣，很簡單啊。他要在一六四〇號房等我。」

「做得很好。」武人狸說。「哪，妳聽好了，塔尼雅，一進去你就把他的衣服脫掉。這個要在五分鐘內完成喔；妳不要跟他囉唆太多，脫光就對了。」

「討厭，六衛門伯父，這跟你之前說的不一樣啊！」看起來，塔尼雅似乎是受了很大的打擊。帕克搖了搖頭；雖說他們已經反覆排練了很多次，但是塔尼雅有時候還會退縮。武人狸繼續說道：

「我會跟彼得守在門外，把他衣服脫掉以後，就大聲喊出來！我們會去按房間的門鈴，妳馬上把門打開跑掉就對了。彼得會拿著照相機衝進去，妳不會有事的。知道了嗎？放心去做吧。」

皺了皺眉，塔尼雅起身到約定的房間。

就像大伯父說的，她一進房間，看到的就是抱著酒猛灌的市長。已經原形畢露的市長看到美人進房，忙不迭便撲了過去。塔尼雅推開這位市長，開口說道：

「別急嘛。」

「快去沖個澡吧。」市長滿面紅潮地說。

「歐吉桑你先。」塔尼雅邊說邊脫去自己身上的洋裝。

這是遊戲的一部分啊；森市長馬上理解過來，一邊解開鈕釦，森市長的眼睛，緊盯著塔尼雅不放。

沒過多久，森市長全身上下就只剩下尼龍襪了。塔尼雅驚叫了一聲，雙手捂住臉。

就在這個時候……

叮咚！

「這時候是誰來掃興！」

塔尼雅就在這時奔到門口，拔掉門鏈打開門。市長趕快阻止她的行動，想要把塔尼雅拖回房裡，門外衝進來兩個男人；閃光燈閃花了市長的眼。

「這是怎麼回事？」這不是飯店副理嗎？後頭還有一個高個子男人，頭髮往後梳齊，外加一大把亂七八糟的鬍子。這個男人應該是拍到照片，飛也似地跑了。

「客人，那位小姐是您帶來的吧，本飯店不提供這樣的服務，還請您見諒。希望這位小姐能立刻離開，否則，我就要叫警衛來了。」

副理搖搖手指，彷彿指責市長的不當行爲。市長獨自一人呆站在房間裡。他地呻吟了一聲，跌坐在椅子上。那個女孩子跑去哪了？奇怪的是，床邊有幾條長三、四公尺的紙巾，還有幾個牛奶紙盒留在那裡。塔尼雅剛剛脫下來的洋裝和高跟鞋已經不見了。

這時，帕克正在處理今日所拍的照片。在微弱的紅光下，帕克正把浸過顯影液的照片過水，把最後一張照片夾在上方的繫繩。整理一下房間，他下了樓。樓下有兩隻狸貓，正在一起喝著酒，看著電視。，隱約有種日本酒黨的架勢。

「弄好啦？」武人狸問。

「嗯。不過，拍到的東西可能離你想要的有點距離。照片乾了就可以拿下來，你自己去看吧。」

說完，帕克便坐了下來；塔尼雅遞來一個杯子；看著帕克客氣地接過去，塔尼雅高興地笑著。一看到塔尼雅的笑容，剛才照片上的圖像，讓他心裡百感交集。

的確，相機是捕捉到了這位市長見不得人的一面。但是相片中的森市長，抓住的根本就不是什麼年輕女子，而是一隻露出了白牙的雌狸。這樣的照片到底能做什麼啊？

帕克心不在焉地盯著連續劇看。三十分鐘後，他上樓去取下照片，放在桌上。

「這種照片《Snap Saturday》不會收的。」帕克說。當事狸塔尼雅看到照片，發出異常高亢的叫聲。然後，她那毛茸茸的尾巴竄了出來，一股狸貓特有的刺鼻臭味，瞬間傳遍了整個屋子。

「塔尼雅，尾巴露出來了。」武人狸說。

「我沒有打算要把這個照片寄到雜誌社去，我要把這照片送給森市長。只要能夠讓他們亂了手腳，我們就有機可趁啦。」

「但是如果人家靠這張照片，查出塔尼雅是狸貓的話；我們之前做的不都白費了？」

面對帕克的擔心，武人狸則是嗤笑出聲。「當然不能讓他看到那個啦。」武人狸說著，就把相片中的雌狸，變成一個捲髮化濃妝的俗氣歐巴桑。

武人狸轉過頭，對聳著肩膀的帕克說：

「你看，這一定會引起風波的。」

「的確。」帕克頗為贊同地點點頭。「托你的福，我可是色心大發啊，Oh My God——」

「哈哈，市長看到這個照片會

照片裡的塔尼雅是……

怎麼樣？我們去看看吧？」接著，這兩個人便壞心眼地笑了起來。帕克搖搖頭說，

「眞是，如果可以的話，我眞不想與你們爲敵。」

那個標有「速件」、「親啓」的信封交到森市長的手上時，已經是隔天的事了。一看裡頭的東西，森市長差點沒昏倒。這哪是昨晚的照片？那個頭髮長長長，身材很好的女生到哪裡去了。市長隨即拿出打火機，點著火，把那張照片丟進廢紙桶裡。信封上什麼都沒寫，裡頭就一張照片，連威脅的人是誰都不知道。

所有的齒輪從這一刻開始瘋狂地轉動。高爾夫球場的計畫還是停滯不前，推土機也怪事連連。據說，檢調單位已經開始著手調查這個工程背後所牽扯的利益輸送，連就在對面的警察局代局長，跟他這個市長講話，都一副天不怕地不怕的模樣。爲什麼只有我這麼倒楣呢？電視新聞這幾天都在爆料；建設業界給了某某人多少好處、賄賂，都被一一點名。所以下一個是我了嗎？這到底是怎麼回事？

那個禮拜，他抱著滿懷的不安，去書店翻找《Friday》、《FOCUS》、《Snap Saturday》這類的八卦雜誌。如果那張照片被登出來，他的人生就完了……送那種東西來的傢伙到底是有什麼目的？要錢嗎？但他連要把錢給誰都不知道呢，那個幕後藏鏡人到底要什麼？

歎了一口氣。森市長這才發現，站在他旁邊有個穿著褐色襯衫的男人，也跟自己一樣，正在翻閱《Snap Saturday》。

「世界末日眞是要到了啊，政治家們居然貪腐到這種地步。爲了要從業者那裡拿到好處和回扣，自然環境會受到嚴重的破壞也不管。唉，希望你們能夠在事情不可挽回之前，回頭好好想一想啊。」

「我記得你的臉！對了，飯店酒吧！你到底是誰？」

武人狸輕快地解釋：

「我是特別搜查官，田中。」

「有你這種連招呼都不打的人嗎？你到狸丘來到底有什麼企圖？」

「要說我是什麼人啊……那就要看你啦，市長大人。」

武人狸說。然後一陣光線閃過；武人狸也跟著突然消失。剩下的，只有一陣像是燒垃圾的刺鼻臭味。

「我難道在做夢嗎？」

市長喃喃自語，然後轉身叫了輛計程車回家去。

9 發現遺址

森市長的夫人養了一隻體形壯碩的三毛貓。當她一個人在家時，就會對著貓說話。「妳再這樣跟他說話，當心被抓去看醫生！」市長常這樣罵她；當然，他自己是不會去靠近那隻貓的。他會說的就是「走開！到一邊去！」之類的話。其實這位市長不只是對貓，只要是動物，都比照辦理。

對市長而言，他倒不是怕貓或是其他動物。他只是沒有辦法忍受這隻貓坐在他的椅子或床單上。如果他的衣服褲子上有一根貓毛，他就會叫他老婆趕快用刷子把毛刷掉。這一幕在市長官邸經常上演。

愛貓的森夫人很喜歡看跟自然環境相關的紀錄片，尤其是那個住在長野山中紅臉外國人的節目，但是這個節目經常與轉播棒球撞期，在這種時候，森市長當然是選擇球賽，而不是夫人所喜歡的節目。對他來說，不論是海豹或是海龜，都是無聊的節日。

在某個週日的下午，市長踏入起居間，拿起遙控器把電視打開。一個一個頻道搜尋，就是沒有棒球賽；不然來看高爾夫吧，他想。從一旁的玻璃櫥櫃裡，拿出白蘭地酒杯，正當準備要坐上他最喜歡的那張皮質座椅時，已經有貓捷足先登了。混蛋，又是這傢伙！這隻貓根本沒有要讓開的意思；牠只是抬抬眼，看著森市長，然後露出銳利的牙齒，「喵」了一聲。

「滾開！畜牲！」

貓也生氣了，一下子就拱起了背脊。

「你再不滾，我就把你攤平當坐墊！」

「做得到的話，你試試看啊！我讓你嚐嚐這爪子的滋味！」

「什……什麼？」市長差點跌坐到地上，眼珠子都快掉出來了。

「你坐在我身上試試看啊！讓你好看我告訴你，明明就是我先來的！」

貓在……說話？

拿著酒杯，市長呆呆地坐在那裡，以為是自己聽錯了。

「你大概是要看高爾夫吧？看那種無聊的東西，連燕子的一根羽毛都比不上，你還開心成那樣。雛鳥我是看不上眼啦；你老婆常拿鮪魚罐頭來餵我，但比起燕子來，那種東西根本不算什麼！燕子才是最好吃！我說啊，你們人類打高爾夫有什麼意思？那不就是拿根棒子，把一顆小球打進洞裡？蠢死了。你就拿老鼠代替球啊，追著老鼠跑還比較有意思！那才是運動啊，你們那種散步算什麼啊，去追老鼠，保證你累得半死！」

市長閉上眼，搖搖頭；當他再睜開眼睛，那隻貓還在看著自己。這是因爲他喝了太多白蘭地嗎？市長都快哭了。

「在說話……」市長嘶聲說道。

「貓、在說話……」

那雙圓滾滾的綠色大眼，像是要從市長身上看出一個洞來似的。

「會說話又怎麼樣？每隻貓都會說話，只是看你們人類要不要聽而已。你老婆幾乎都能聽得懂我的話，她可是個好人。只不過，我不方便大喇喇地用人類的語言說話罷了。」

就在這個時候，外頭傳來很大的聲響。嘎、嘎、嘎的，森市長定睛一看，原來是一隻大烏鴉，停在庭院裡的梅樹上。

「我們一直都在盯著你哪，那個傢伙也是喔。」

「誰？誰盯著我？」

「我們，就是貓、聰明的狗，還有烏鴉。鴿子也有份；牠笨歸笨，但是眼睛也是盯著你瞧哪。你到底對我們的森林做了什麼，在你道貌岸然的表面下又是怎樣的骯髒，我們可都一清二楚。喂，你最近常常跟年輕美眉約會吧？你老婆知道嗎？」

市長急急忙忙地環視了周遭一圈。

「你不要那麼大聲！我會被我老婆追殺的……不過，你怎麼會知道這件事？」一臉驚訝的表情。

「如你所見，我們可是二十四小時在監視著你呢。」貓咪伸了個懶腰，然後從椅子上跳下來。瞧那隻貓，市長一直想不起來，他家的貓，尾巴什麼時候變得這麼濃密膨鬆了？歪著頭思考時；那隻貓則是走到門邊，喵了一聲。

「還不快幫我開門嗎？我想去外頭上廁所啦。貓沙盒眞是臭死了。」這隻貓一邊說，一邊回過頭。「接下來，你可得要小心一點哪。」

市長什麼話也沒說，急忙起身幫牠打開門，看著貓走了出去。外頭，剛那隻烏鴉嘎嘎兩聲之後，也飛走了。重新爲自己倒了杯白蘭地，市長把電視關了，整個人攤坐在皮椅上。這個人，就像靈魂出竅一樣。

當他老婆回家，向裡頭打招呼時，做丈夫的卻沒有回應；瞧瞧她的丈夫在幹嘛，只見得森市長的嘴裡唸唸有詞，擱放在眼前咖啡桌上的早報裡，大篇幅地報導著其他地區官員的賄賂疑雲。而拿出錢來的，也就是市長索取回扣的那一家建設公司。

此時，帕克正在森林中走著。他看著由挖土機、推土機、電鋸所造出的工程遺留下的景象，有些絕望。今天是星期天，工人們不會上工。也許是因爲那些傢伙越來越謹愼了吧；因爲收賄回扣事件，還有高爾夫球場會員證的濫發與弊端，都陸續受到檢調注意……

另外一旁，被挖出來的土與樹木殘枝都堆在一起。帕克駐足了好一會兒；盯著挖土機從地上挖出的大洞裡，有好幾層土壤堆疊成型。首先，第一層是腐葉土，是含有很多養分的黑土。再下一層，是顏色較爲明亮，含有較多沙質的土壤。在那中間還有一層分界，默默訴說著曾有大規模火山噴發的過去。這些都要經過好幾千年，森林才能孕育出這般豐饒的土壤。而這些珍貴的土壤，如今卻被那些傢伙棄之如敝屣。

而就在這個時候，帕克突然被土壤與樹根之間，若干紅褐色碎塊給吸引住。他本來以爲那是岩石，拿起來瞧才發現——是陶器的碎片。他重新把目光移轉到那座由土堆成的小山，上前撥找，從中發現了一個又一個的碎片。這些碎片的上頭，還有繩子壓過的紋路。帕克小心、慎重地繼續往下挖掘，發現除了有繩紋的陶器碎片外，還混雜了一些貝殼。當再挖出一堆帶有繩紋的碎片，帕克馬上恍然大悟——他發現繩紋時期的文物了！

在接下來的一個小時裡，帕克重新仔細地來回檢視，那些土堆與挖土機所挖出的痕跡。從裡頭找出二十幾個碎片，甚至是在被挖出來的樹根中，他還發現一個女性陶像，就像是在守護這些樹木一樣，這個女性陶像的手拉得開開的，它有渾圓的胸、粗粗的腰，短短的腳，還有明顯凸出來的腹部……看起來雖然有點醜，但卻有一種詭異的美感。

這個女性陶像的眼睛與鼻孔，都用簡單的線條帶過。看著眼前這高約十五公分的素燒陶像，觸摸著這個神祕的陶像，帕克興奮得直顫抖。在這恍惚當中，他的感覺越發地鮮明澄澈。手中的文物，其形象與色彩也亮了起來。

帕克快速地搜集這些碎片，然後用手帕把塑像包起來，小心地捧在手裡。差不多要中午了，他得快一點，事情很緊急呢。

回到家；武人狸正坐在餐桌邊喝著酒，配著小菜。這幾天，他都沒看到塔尼雅。

「喂，洛基。」帕克的聲音傳了出來。

「在這裡！」

聽到帕克的聲音，武人狸的臉上，露出會心的微笑。回到家以後，帕克便把東西全都堆在桌上，然後衝到電話旁，翻開電話簿，想要找出他認識的那位大學教授的大名。撥出教授自宅的電話號碼，帕克焦躁地等著電話接通。武人狸則是直盯著他瞧；電話的那一頭，一位女性接起了電話。

「不好意思，請問是立川公館嗎？不好意思周日致電打擾您了，我有非常要緊的事，想要請教立川教授：敝姓帕克，是英國文學的講師。」

沒多久，立川教授接了電話。

「您好，我是立川。」

「教授，您好，我是教英國文學的帕克，您還記得我嗎？去年那場國際研討會後，我們曾經一起餐敘過。我曾經有幸聽過教授您談繩紋文化的一些東西，我記得，在我談到日本絹織物的起源時，您曾經指教……」

「啊，帕克老師。我當然記得您！眞是好久不見啦，你最近如何啊？」

帕克幾乎是壓抑不住自己話語裡的興奮之情。

「是這樣的，我在狸丘這裡找到一些陶器碎片；我想應該是繩紋時期的文物。除了陶器碎片外，還有一尊完整無缺的女性塑像，不知道可不可以請您提供一些專業的意見。」

「這樣啊，那麼你這幾天拿到我這邊來怎麼樣？請一定要讓我拜見一下。」

「那可能會來不及；事實上我是從挖土機挖出的土裡發現這批碎片的，明天工程就要重新開始了，到時候古文物都會被毀在機器底下。那些傢伙想把這個狸丘森林剷平，蓋高爾夫球場。」

「對喔，我想起來了，之前很多報紙都在報導這個事情。所以你說，你在挖土機挖開的土堆裡，找到了繩紋時期的陶器碎片？那一定得要讓工程中止才行。」

「在這一年裡，我們可說是想盡辦法要阻止這件工程，但是那些官僚眞是腐化到極點了！您知道嗎，我只花了一點點時間就找到二十幾塊碎片。但是如果是那些傢伙，他們要是察覺到有這些東西的存在，一定會把它們給埋起來，我實在是很擔心。」

考古學家立川教授聞言，馬上說道：

「你不用擔心。我現在馬上過去，我家在阿佐谷，去到你那裡大概要兩個小時。如果你發現的眞是繩紋文化遺址，那麼，在我們考察結束以前，他們連一根草都不准動。除了推土機以外，這個國家的法律還是有在保護我們的文化遺產呢！」

在告知立川教授，稍後自己會去車站接他以後；帕克非常得意地掛上了電話。

「也給我一杯吧，這可是勝利之酒啊。」帕克從流理台取來一個杯子，讓武人狸爲自己添上酒。然後，這一人一狸舉杯慶祝。

「洛基，我的老朋友，我們終於做到了！我發現了相當重要的古代陶器，有了這個發現，我們就可以……」

愼重地把手帕給拉開；帕克小心翼翼地把那尊塑像放到桌上。看到那個，武人狸就笑了。

「這個東西是在祈禱豐收用的。這是繩紋人的生命之母，他們對這個可是很禮敬的。如果你認眞去找，應該可以發現到更有趣的東西。就我所知，在那裡曾經有個大型村落，在森林裡生活超過五百年；不過當然不可能一直在那裡住下去啦，他們大概花了二、三十年的時間，把整個村落遷移到狸川。有時候他們會進到山林裡去，等著森林甦醒過來。所以如你所見，不管是對我們狸族來說，或是對那些人類來說，這個森林，都是一個很特別的地方。沒有什麼可以取代這個森林。」

帕克張著嘴，盯著眼前還是人型的武人狸瞧。

「你知道那裡有繩紋文化的遺址？」

「對啊，我知道。我應該跟你說過狸丘神社的由來吧。」

「這個我知道——可是你沒說過底下有文化遺址吧？」

「對啊。」

「那你怎麼不說？」

「我想讓你自己去發掘啊。如果我告訴你，再怎麼說，你都會覺得那是我變出來的吧？像你這種人啊，只相信自己眼睛所看到的。好啦，我跟你講；那個森林裡有現存最大的文化遺產。在別的地方可看不到喔；除此之外，在你發現這個塑像的地點，大約兩百公尺遠的地方，工程還沒開發到的地方，你會發現一個很大的貝塚。而在裡面，有一個研缽形狀的山谷，在那裡沉睡著。」

「我知道！」帕克說。「就是有很多茨木與栗樹的地方？有一股泉水流出來，分成好幾股小河的那裡？」

「就是了。你如果去那邊找，應該可以發現石頭推砌成的石環。村落是另外建在其他地方；我說的那裡是舉行儀式用的集會所；在石環的周圍，還有大約四、五十個墳墓，看起來就像是圍著那個石環一樣。而在石環當中，還有兩個『特別的墓』，那些東西都已經埋在地下好幾千年了，差不多是該讓它們重見天日的時候了。不過你可不要跟我說挖不到墓碑什麼的，因爲儀式的關係，那些墓都被移開了。否則的話……」武人狸搖了搖手指，一臉嚴肅地說。

「否則，這附近早就有一堆怪事了。如果眞是這樣，那可是會讓人連笑都笑不出來的喔。」

帕克拚命地聽著眼前這隻狸貓所說的話。

「除此之外還有一點，你要特別注意；你們可以在貝塚中發現各式各樣的動物骸骨，但是裡頭絕對沒有狸貓，你可別漏看囉。這是因爲在那個村落裡，吃狸貓是禁忌。雖然說其他人類還是會對我們狸族下手，但那個村落的人不會。因爲對他們而言，我們是他們的守護神。而教導村裡巫師『變化之術』的，也是我們。」

帕克睜大了眼，看著武人狸。

「彼得，你之前不是有《Snap Saturday》飯田記者的電話嗎？他的名片放在玄關的鏡臺最上面的抽屜。你打個電話給他吧，那傢伙如

在遺址中有個「特別的墓」。

果知道這件事，一定會飛奔過來的。」

這天還眞是走運。帕克打電話去的時候，飯田正要出門。一聽到這件事，他馬上取消了所有的行程，趕緊前來。

話說立川教授，誰都知道，他是研究上古時代的第一人。除此之外，他還是一位自然學家。在教育電台的記錄片裡，常常可以看見他的身影。他所發表有關繩紋時期的相關論文，雖然長久以來一直被主張本國人是農耕民族的保守派所厭棄，但他還是當代重量級的研究者之一。

雖然他的學說往往遭受批判，但是幾千年前的狩獵採集時期，再怎麼說也不應被忽視。眞要說起來，其他的時期還很難看道這種美麗又充滿生命力的藝術品，而在相關文物裡，又屬陶器是最美麗的一批，那種活靈活現的模樣——火焰、或海浪的波紋，都被當時的作者取材，製程這批陶器的邊緣。而那複雜又具有獨創性的造型，更是相當引人注目。不論是跳舞的人們，或爲鹿、蛇、野豬、海豚等等，還有那些花紋，在在都顯示出當時的信仰與故事，留存到今日。

在繩紋時期，這裡還沒有鐵器。當時的人利用動物的骨頭、角還有石頭，製成洗鍊的器具。繩紋人的弓也是用薄板層層疊製而成，他們狩獵的本領一流，打獵時還會帶著訓練過的獵犬同行。

近年來，研究繩紋時期的論文有如雨後春筍。那樣的生活型態，與大自然之間的調和，還有已知的幾個宗教儀式，在在都讓現代人的想像力爲之馳騁不已。就以帕克來說，如果有時光機這種東西的話，繩紋時期絕對是他想要去的重點之一。

立川教授，已經六十幾歲了。將要退休的他，因爲時間非常自由，所以這幾年都在各地旅行，考察繩紋人的生活以及相關文化。對他而言，寫出一本關於繩紋文化的代表作，是他畢生的志願。

下了車以後，立川教授與帕克熱烈地握手。立川教授的體格矮小結實，滿頭白髮，滿臉和藹的笑容。

「先到寒舍來看看吧；寒舍距離開挖現場很近，我們可以一邊喝茶，一邊看我所發現的文物。今天的運氣很好，工地沒有開挖。如果加以調查、發掘的話，地底下一定還有許多好東西。」

「調查是一定要的。本來建設公司如果發現類似的東西，他們就應該要盡速通報才是。有些人會當作沒這回事，這我也很清楚。不知道有多少工程為了要趕工所以隱瞞了這一類的發現……那眞的是太糟糕了。也因為如此，到目前為止，不知道有多少文物就這樣葬送了。觀光勝地法實行以來，這種事不知道有多少呢。眞是我國之恥啊！像你這樣的外國人都願意為保護這些文化遺產……如果確定這是眞的繩紋時期遺址，我一定會報請中央，要頒給你勳章！」

帕克只感覺到胸膛中一陣激昂──他知道，從今天開始，他的人生就要改變了！

沒有多久，立川教授便站在這些碎片前，拿起好幾塊碎片拼合，又對著那尊女性塑像感歎不已。「錯不了，這絕對是四千年以前的文物，是眞品。」他斷言道。

「帕克先生，你可以帶我去發現這個土偶的現場看看嗎？聽你說，這個土偶是沉眠在樹根當中？」

「是在那裡；推土機差十公分就要挖到了，能夠毫無損傷地發現，眞是太幸運了。」

「那眞是太好了。不過，你發現的所有物件，都是國家財產，都得要交還給國家哪，不能留在手邊眞是太遺憾了，我保證你的名字絕對會被記下來的。等回到了大學裡，我要把這個文物的確切時間再確認出來；不過這個損傷是怎麼回事？這是最近弄到的吧，看起來這痕跡還很新哪。應該是那些傢伙的傑作。走吧，我們快去現場，離天黑只剩下兩個小時了。一刻都不能浪費。」

然後，這兩人便趁著太陽還沒西下，先行前往那附近考察探勘。出土的陶器碎片超過百枚，其中還有幾片面積較大的。指了指地面，立川教授說，這裡有柱子的痕跡。帕克想起武人狸說的那些話；他登上山丘，往底部越來越窄小的山谷走去，撥開灌木叢與雜草，他四肢並用，幾乎要把鼻子貼到地面上；沒過多久，他發現了幾個長滿青苔的石頭。他試著測量石頭與石頭間的空隙，發現當中存有一定的間隔。當他確認眼前發現的石頭已經能構成一個半圓了，帕克心想，繼續查下去，一定還有另外一半。雖然是走在半掩埋在土裡的石頭上，但他還是從背脊打了個冷顫上來。

急急忙忙地轉過頭，眼前，立川教授正在用考古用的小抹子來回探詢眼前的工地現場。帕克一邊安撫自己的呼吸節奏，一邊揚聲，開口大喊：

「教授，請到這裡來！這裡似乎有不一樣的東西！」

而趕緊奔往這裡的立川教授，先是蹲在地上確認，然後跟帕克一樣，測量石頭之間的距離。然後，他睜大了眼，一臉不可置信的模樣。

「到目前爲止，我們已經發現好幾處環狀列石了。在這些發現當中，八岳那裡的環狀列石，圓周大概一百二十公尺左右。沿著這條線，可以發現幾個墓碑。透過這些墓碑，我們可以了解許多事。而在山梨縣那邊發掘出來的又和八岳不一樣；山梨那裡發現的環狀列石，可以說是比八岳那裡的精細許多。而在秋田所發現的環狀列石，則是圓周達四十五公尺的大圓，包覆住圓周爲十六公尺的小圓。以其石頭配置方位來判斷，那應該是被當日晷儀來使用。而在秋田的環狀列石當中，外層發現了四十多個墓碑，內層則有四個。這是一條很重要的線索，讓我們了解有關當時信仰的種種。藉由這個發現，我們可以了解到，繩紋時期的人們已經相信有靈魂這件事了。帕克老師……」

立川教授深深地低下頭。

「我眞的是打從心底感謝您。您所發現的遺址，可以說是相當珍貴啊。」

「所以說這個眞的是古文化遺址囉？繩紋人也跟凱爾特人一樣，會建造環狀巨石柱群？」

帕克兩手高舉，不由自主地小步跳躍了起來。

「立川先生也知道吧，許多我國的民間信仰，跟凱爾特傳說非常類似。最具代表性的，大概就是龍宮神話了。」

「那個也很有趣；不過天色要暗了，我們還是先去確認其他部份吧。不過，在這麼短的時間內，收穫這麼豐富，眞是讓我不敢置信。陶器碎片、一個完整的土偶、箭頭、魚叉、魚鉤、石斧……這成果比我想像中還要棒呢。」

夕陽逐漸西沉，這兩個人也開始朝帕克家的方向往回走。而在這時，脖子上掛著相機的飯田記者也出現了。在說明事情經過以後，這幾個人就說好明天一早要再來到這裡。帕克與立川教授則是站在挖土機所推疊出來的土丘旁，讓飯田記者拍照。除此之外，飯田也照了好幾張土偶的照片。

而等著這興奮無比的三人，是空無一人的家。

武人狸不見了。

立川教授立刻撥電話給他大學時期的好友，現任文化廳要職的某位人物，要求明日一早工程必須停工。掛上電話，他滿臉笑容地回過頭：

「沒問題了。業者應該不會繼續開挖才是，如果有什麼萬一的話，可以叫警察來。」說罷，立川教授便轉過頭，對飯田記者說：

「透過這位外國人士，我們才能得知有這珍貴無比的文化遺產。爲了要報答他的大恩，我絕對不容許有人去破壞那片森林。那片森林，應該要傳給我們的下一代，繼續守護才是。」

飯田記者拚命地記下立川教授所說的話；最後，他又替這兩個人拍了一張合照，三個人一起舉杯慶祝。

「今天眞是我人生中最棒的一天了。」帕克說，而且是非常高興的一天——但是，在他心裡的一角，卻多少因爲武人狸不在而有些失落。

10 重建繩紋村

坐在狸丘市政府的大廳中，立川教授不耐煩地敲著膝蓋；他都撥過電話給他那位擔任文化廳長官的朋友了，這市政府還在磨菇些什麼？等了好半天，祕書終於從辦公室裡出來了，唱名要立川教授進去。立川教授起身跟在祕書後頭，通道就夾在一堆案牘堆積如山的桌子中間，感覺像是迷宮一樣。通過這條小路後，在這個大辦公室的一角，有一間門前掛了「接待室」的小房間。裡頭的佈置簡單樸素，有一張桌子與幾張帶扶手的陳舊座椅。

任職於社會教育課的桐山課長姍姍來遲；立川教授起身，接過這位課長從名片夾裡取出的名片。這位桐山課長看起來相當瘦小，且面色如土。看起來，是一個不太喜歡別人指揮他做事的人。交換過名片以後，桐山課長請立川教授坐下，祕書則爲這兩個人送上綠茶。

「我想文化廳已經撥過電話給你們了……」

「是，上面是說狸丘那邊的高爾夫球場預定地，好像發現了什麼東西。」

「好像？你是在懷疑我說的話嗎？我已經在這個領域研究超過三十七年了，你覺得我會連眞品贗品都分不出來嗎？」

平時，立川教授是非常溫和的人；而現在，他的口氣則是十分嚴厲。課長皺著眉揮揮手說：

「怎麼會呢，我沒有那個意思。這件事很急不是？可是建商那裡沒有呈報，我這裡也沒有那邊出現古文物的紀錄嘛。環境評估的部份也……」

「環評？我不知道那是誰弄的，不過你還不知道？那種東西只不過是形式。在那裡發現的遺址，具有非常高的文化價值，是非常珍貴的遺產。那裡的工程，應該立刻停止！」

「那我們盡快在下週召開教育委員會，再來調查一次，徵詢專家們的意見……」

立川教授徹底被桐山課長的官腔官調給惹毛了。

「看來你還搞不清楚這件事到底有多嚴重。如有必要，我不排除去聯絡警察機關，或是相關單位。反正你現在馬上下令把工程給我停下來，我要的是時效，分秒必爭啊。如果放著不管，那些珍貴的古文物沒有幾下子就毀了！那些建設公司的人一定會讓這件事情敷衍過去的！總而言之，今天早上七點鐘，第一個發現那處遺址的人已經先過去了，而且告知那些工人停工的相關事宜。」

「那個外國人啊。」

桐山課長一臉厭煩的口氣。「前幾天他也去阻撓工程進度了哪，他只會去惹那些不必要的麻煩而已，真是個麻煩的傢伙。」

聽到這些話，立川教授的怒火又被點燃。他指著桐山課長的鼻子大罵道：

「不必要？你說不必要的麻煩？你記住你說過的這些話！這已經違反了文化財保護法，你要去擔這個責任也行，那可不是你失職多少處分多少就可以打發的！」

斜眼看了想要反駁他的課長一眼，立川教授站起身，走到離他最近的電話前，拿起話筒。

「你好，我是立川；請接田村長官，我可以等他。」

「你這樣使用我的電話會讓我很困擾的！」

就在這一剎那，向來溫和的立川教授大聲怒斥這位課長。宏大的音量與他的矮個子完全不相襯，也因爲這樣，其他的職員都不由自主地轉過頭瞧是發生什麼事。

「笨蛋！這不是你的電話，這是公家的電話！而我又不是私用，這可是公共問題！你到底知不知道你的職務是什麼？說穿了，你根本就跟市長是一丘之貉。……啊，田村，是我，立川。之前你不是說要狸丘市那個工程停工？業者那裡好像事前就知情了……對，如果好好地去考察的話，一定可以發現關東地區最大的繩紋遺址。嗯，我知道了……」

聽到田村長官的交代以後，立川教授終於笑著，把電話交給了身旁不發一語的桐山課長。

在此同時，飯田記者也興奮地和帕克一起來到了工地現場。比起寫明星的花邊新聞，這樣的題材當然是有意義多了。帕克走到推土機前，一屁股坐下來。監工揮舞著拳頭，對他大吼大叫著；但帕克完全不管，他只是抱著手，直視前方。推土機的司機根本拿他沒有辦法，其他的工人則是與監工聯合起來，一起圍住帕克，沒完沒了地抱怨。而不知從什麼時候開始，附近的主婦、牽著狗的老人也到了現場。遠方傳來尖銳的警笛聲；從警車上下來的，是年輕的代局長，與兩位員警。

「終於來了！這個頭髮亂糟糟的外國人妨礙我們的工程進行啦！我們怎麼弄都弄不走，你們快點逮捕這個男的啦！我們還有進度要趕耶！」

「把他遣送回國啦！」

其中一個工人叫道。代局長並沒有理會，只是逕自走向帕克。

「請站起來，帕克先生。您已經可以放心了。」

抬起頭，看了這位代局長一眼，帕克起身，拍掉褲子上的泥巴。

推土機的司機見狀，趕忙發動機器。

「關掉！」

代局長大吼道。司機嚇了一跳，只得聽從代局長的指示。

「幹嘛叫他關掉？你知道你在做什麼嗎？」

沒有理會質問的監工，代局長轉過身，看著帕克。

「我先確認一下，你確實向這些人說明了古文物遺址的事吧？」

「是，今天一早我就說了。不過其實我不說，他們也應該知道，這種事常常發生不是？」

的確，就如帕克所言，無視於相關法規的例子太多了。如果向上呈報有古蹟遺址的話，那可不是工期延遲就可以解決的。如果要詳細調查，原則上，相關費用都要由土地擁有者負擔。如果沒有什麼重要遺址就算了，工程還可以繼續下去；如果有呢？這可就是現實的問題了。

雖然大家都認爲這是一個很有錢的國家，但與建設省的預算比起來，文化事業與環境保護所能拿到的錢，還眞是少到令人想哭呢。現在事情會演變成什麼樣都還不知道，但是帕克絕對是不孤單的。立川教授是這個領域中的佼佼者，他在社會上的影響力也不容小覷。再說，或許他們也有若干無能爲力的部份；但法律就是法律，就算帕克是怪怪的外國人，該保障的一樣都不會缺。

「所以，你確實有告訴他們，這裡存有考古遺址？」

「是的。」

「不好意思，請容我插嘴一下。」飯田記者說。「我可以作證，我的確看到帕克先生確實告訴了這些工人關於遺址的事。然後，這個男人……」他指了指監工。「他說：『你信不信我能把你大卸八塊！』這樣威脅帕克先生的話。」

「非常謝謝你的幫忙。」

代局長先向飯田致謝，然後，他轉向帕克。

「所以，你受到威脅，是事實？」

「沒關係，他們要說什麼我都無所謂。只是，這幾千年前的重要古文化遺產，千萬不要被破壞才好。」

「說什麼遺址，你就是那個撿破爛的吧！你們快把這個外國人帶走，別讓他在這裡礙眼！」

看著暴怒無比的監工，代局長只是笑了笑，轉頭命令他身後的兩位員警。「逮捕這個男的，押回局裡偵訊。」

被警察抓著手腕，銬上手銬；監工拼命地想要抵抗，卻被代局長開口喝止。代局長告訴這個監工，若要再繼續抵抗下去的話，他的罪名只會越來越重。

「你們抓錯人了，快點把監工放開啊！」其中一個年長工人開口叫道；其他工人也一起喊了起來。代局長面對那些工人，提高了嗓門：

「按照文化財保護法，這是重大的違法行爲，所以我們必須逮捕這裡的負責人。要是認爲自己也有份的，就把名字報上來。」

這句話一講出來，其他工人都閉上了嘴。

「現在是暫時停工，之後會有正式的公文下來。」

聽到代局長這麼一說，工人們也只好散去。帶著狗的老人探頭看著到底是發生什麼事，而年輕的代局長則是重新端整了姿勢，說明事情的始末——這位英國紳士是大學的講師，他發現在這個工地現場中有一處故文化遺址。然而身爲市民，他有義務揭發這個眞相。

「原來如此，眞是太了不起了。」老人說；然後，他走到帕克面前，低下頭向他致意：「辛苦您了，爲我們盡心盡力。」

而在一旁的主婦們也興奮地談論著；飯田記者則是站在一邊，不斷地拍攝照片。

之後，一輛車也開進了這個工地；從車裡走出來的，是立川教授，與一臉苦瓜相的桐山課長。電視台的人也到了現場；代局長很快就認出來，眼前這位長者是常常出現在電視上的立川教授，他趕忙上前，用最敬禮迎接這位學者。

「立川教授，眞是非常感謝您的及時通報。」

「不，是你們有效率，眞是太好了，我終於碰到一個知道自己的本份是什麼的人啦。那我們就跟帕克先生一起到現場去吧；你們快點讓人看著，別讓不相關的人進來。接下來想必是要進行一連串詳實的考古工作吧。」

然後，立川教授轉過頭，嘲諷地對桐山課長說：

「如果本市的教育委員關心這一次的調查，他們一定會在本市募集義工吧。這比打什麼高爾夫都有營養多了。你也打高爾夫嗎？」

「偶爾會打。」桐山課長冷淡地回答道。

「如果你是個眞正的日本人，要玩也該是玩劍道。」立川教授說罷便大步地往前走。帕克則是對代局長笑了笑，跟在教授後方邁開腳步。

如果要讓官僚動起來，其實他們的動作也是很快的。一天之內，附近都已經被勘查過一次，而且也立上「禁止進入」的小牌子。明天早上，立川教授所指導的研究生就會過來狸丘，成爲第一批的考察人員。

在禁止進入的繩帶拉開以後，森市長帶了幾個部下來到這裡。森市長先前接到電話，獲知這件事的來龍去脈。之後他召開緊急會議；結論是，他還是表達他嚴正反對的立場。但是，當他到了現場，看到許多的記者、電視台人員……他就知道，自己得要小心，眼前，媒體記者圍著一名他曾看過的外國人，還有一位白髮紳士；那個外國人正口沫橫飛，以流利地國語對記者們說：「爲了我們的未來，像這樣貴重的文化遺產一定得要加以保護才行……」在這種狀況下，他要想對那外國人做什麼，哪能瞞過那些記者！

過了不久，幾輛有不透光玻璃的大型凱迪拉克出現在現場。裡頭坐的是這塊土地的持有者，也是黑道組織的大哥。之前市長急忙致電給他，要他過來一趟。一看到眼前人潮聚集的景象，他想，這八成又是反對高爾夫球場的居民所發起的抗議行動。像這種陣仗，只要他們出手，兩三下就可以讓這些居民都閉嘴。帕克注意到了這些人的存在，偷偷指向黑道大哥的方向，小聲地對身旁這些記者說：

「那幾個穿襯衫的傢伙，你們猜是誰？仔細看，旁邊就是森市長對吧，那些傢伙都是流氓啦。內閣閣員之一的西野議員，私底下也常常透過他的私人祕書依田，跟這些傢伙暗地往來呢。那些傢伙就是這次興建高爾夫球場工程的幕後黑手，你們如果可以訪問到那些傢伙，我想，一定能夠得到一些很有趣的消息吧。」

一聽到這件事，記者們馬上緊張了起來。他們圍成一圈，張開手臂，企圖保護身後這位遺址發現者。當然，就今天而言，這樣的世紀大發現已經是很棒的報導題材了，現在又能拍到市長與黑道大哥站在一起的鏡頭，實在是太幸運了！在鎂光燈的攻擊下，大哥與他的部下們逃回了凱迪拉克上。但是這時已經來不及了，他們那猙獰發怒的臉孔，已經被拍下來。對森市長而言，這就是眞正的惡夢了。在記者突如其來的包圍下，眼前盡是攝影機，他連要怎麼逃都不知道。揮揮手，想要說點什麼，但是嘴裡卻只能發出近似呻吟的聲音。

因爲建商與政客勾結所產生的環境問題，可以說是不勝枚舉。但是，在這幾週裡，媒體都湧到了狸丘市來。其爭論之熱烈似乎有勝於長良川的河口堰、諫早灣的塡海造地，還有名古屋的藤前潮淹區垃圾掩埋場建造計畫等。

西野議員雖然辭職了，但還是屢屢以證人的身分被傳喚到案。他的私人祕書依田被逮捕，森市長則是因爲精神耗弱，而進入療養院中。沒過多久，狸丘市要開始舉行市長補選。主張反對建立高爾夫球場的帕克，頓時成爲呼聲最高的候補者。

而一躍成爲風雲人物的帕克，也已經接受了許多電視節目的訪問。現在，當他走在校園裡時，也會有幾十個學生上前請他簽名，爭相要與他合照，非常受人歡迎。

而他以前所寫的《蠶蛾》，也再次再版發行。除此以外，也有人拜託他爲狸丘森林寫一本書。不過，帕克沒有接受，也不想接受。他沒有辦法不顧他的朋友，武人六衛門寫出眞相。帕克很清楚——他不能眞的寫出，爲了保護這片森林，他們兩人做了多少的努力。

從那天開始，武人狸便眞的消失無蹤了。不管是他的身影、形態，甚至是尾巴上的一根毛，再也沒有出現過。那隻情報販子——老烏鴉，還是偶爾會過來享受美乃滋與臘腸結合的大餐。當帕克身邊沒有其他人在時，他就會拜託烏鴉——如果看到武人狸或是塔尼雅，請告訴我一聲好嗎？烏鴉歪歪頭，嘎的一聲就飛走了。不過就算烏鴉懂得他在說什麼，帕克也沒辦法了解烏鴉說的話。

沒有課的時候，帕克就會徒步前往挖掘現場，充當義工。雖然之前的工程確實是對挖掘現場與文物造成一些毀損，但是，如果沒有意外，這個遺址裡的文物應該可以幾近完整無缺地被保存下來。

這個遺址裡，曾經是有十二戶人家的聚落。研究人員在這些比地面要矮上一截的屋子當中，發現有地爐殘存的痕跡。橢圓形的主屋旁，是以黏土做成地板的建築物。這應該是倉庫吧，研究人員這麼推斷著。裡頭存放的，應該就是當時人們的主食，橡實或是其他果實。推測的結果，這個聚落的人們，在這裡生活了非常長的一段時間。年代十分久遠，規模也相當大。有幾間屋子甚至有兩三個玄關，地面以石板鋪成，年代上似乎比較接近現在。不過大部分的屋子都還是用稻桿作屋頂，然後以柱子或是大樑去支撐傾斜形狀的屋頂。

那個巨大的集會所，可說是這整個遺址中最特別的地方。挖掘之後發現，這個長十九公尺，寬十六公尺的長方形區域內，有八根較粗的柱子，還有十六根較細的柱子。粗的柱子應該是用周長有一公尺左右原木所製成的。這個集會所的中央，是一個以石頭堆砌而成的地爐。那裡有好幾座石像；以其造型而言，製作者似乎是要藉著這些神像，講述有關於生命起源的種種傳說。除此之外，這裡還可以找到幾座女性塑像，作工精巧的陶壺，還有儀式當中所使用的器具。

過去所發現的繩紋石器，上頭的花紋多半取材自蛇、烏龜、海豚等動物形象；而在這繩紋文化遺址中所出土的石器，上頭描繪的則是眼圈黑黑，鼻子尖尖，尾巴蓬鬆的狸貓。這樣的狸貓形象，在其他的繩紋遺址都沒有看到，所以特別受到矚目。

除此之外，諸如有破損的壺、魚鉤、槍、箭、魚叉……出土的數量都非常大。另外像是貝殼以及獸骨，其數量也不可小覷。從這些骨骸看來，像野豬、鹿、野兔、野鴨都是當時的人們所補食的對象。裡頭還有些許熊的骸骨；狗也有，看起來像是食糧見底的時候吃的。但是，就是沒有狸的骨頭。

那時，狸川裡應該是有嘉魚、鮭魚才是。而貝塚理還發現了海產貝殼、海豚、巨頭鯨等海中生物的遺骨。所以住在這裡的人，應該是與靠海維生的人們有所交集，或有到附近海域旅行的紀錄。而出土的文物當中還包括一些貝殼、好看的石頭以及粘土製成的首飾與耳環；以木頭或是竹子所製成的梳子，幾乎完好無缺地被發現。藉由這些珍貴的出土文物，繩紋人的生活型態是越來越清晰了。立川教授，也格外地感到喜悅。

整個發掘工作的最高潮，也是最困難的地方，就是「環狀列石」的部分。山谷的兩邊斜面，有超過百年以上的歷史，是被當作村落的墓地使用。要發掘這個部分的文物，需要龐大的時間與金錢。而在發掘的過程中，還要注意不要傷到周圍的樹木與樹根；但中央區的石塊則有大半部份是被這些樹根所重重纏繞著。在直徑長達三十公分圓周上，則是整齊地堆疊了十三個從河川當中撿拾而來的大型圓石，其他的一般墓穴，則是在圓周之外。

在這個圓形當中，還有兩座墓。應該是很特別的人物吧，只有這兩座墓上鋪有厚石板。由於附近並沒有這種材質的石頭，因此可以推測得出來，這幾塊石板應是特地從別處運來的。研究人員用工具仔細清除石板上的土，小心地移開這幾塊石板，在其中一座墓裡，發現一個裝有遺骸的大型素燒骨灰罈。那個骨灰罈已經損毀了，收納在裡面的骸骨，已經和其他陪葬品混在一起了。

經過鑑定，從這墓裡出土的，是一具年輕女性的遺骸。這位女性是一位滿十歲的少女；從她所得到的待遇，可以推斷她是具有巫師身

戴著狸貓面具的少女。

分的巫女。這位女性的頸項間，掛有野豬牙齒綴成的項鍊，兩個手腕上掛有以雙殼貝連綴而成的手鍊，耳上的綴飾則是以鯊魚皮製成。而在她的陪葬品中，有好幾副面具，看起來應該是用於祭典之中。在發現那個應該是少女下葬時覆蓋在臉上的面具時，帕克全身都起了雞皮疙瘩，那是——狸貓面具。

在挖掘這座墓地時，研究人員焚香祝禱，以最虔誠的心去進行這個考察。而在結束挖掘工作後，他們則把遺骨與陪葬品葬回原來的地方。這是帕克提議的，而立川教授也欣然同意。

然而，除了這座少女的墓引起人們一陣議論外，挖掘另外一個墓時，更是引起一陣騷動。這個墓穴裡，同樣埋有一個與少女墓一模一樣的骨灰罈。立川教授對裡頭所埋葬的骸骨，慎重的計量、攝影；在整個過程當中，帕克則是緊張地嚥著口水，在旁邊看著。調查的結果是，這骸骨根本不是人，而是一隻體型與年紀都非常大的雄性狸貓。

根據立川教授的判斷，這隻狸的體重恐怕有二十公斤以上，大約是現代狸貓的兩倍，體型可說是相當龐大。從他的鼻尖到尾部，其長度約一公尺上下。而從牠的牙齒與牙齦周邊，以及骨頭的狀態看來，這是一隻野生的狸貓。

和葬在一旁的少女一樣，這隻狸下葬時，臉上也戴著狸貓面具，與人類小孩的臉部大小差不多，上頭繪了一張笑臉。一見到這個面具，帕克的眼淚就不由自主地滴下來。這隻大狸與巫女哪一個先離世，目前已不可考，但是不難想像這兩個靈魂在死後相會，相親相愛的模樣。

「這隻狸貓應該是和這位少女一起長大的吧。」

帕克拿著手帕擦鼻子說著。

「說不定呢，這在日本很罕見，在世界各地也都沒有類似的例子。這可是驚人的大發現哪！」

立川教授一邊說，一邊雙手合十喃喃禱念。

「這個村子裡的人是崇拜狸貓嗎？」其中一個研究生問道。

「不，不是。」帕克說。

「不只是單純的崇拜而已。狸貓是這個村子的圖騰，也就是說，對這裡的村民而言，狸貓是連結這個世界與那個世界的『族靈』。所以，在他們的住居地裡，我們找不到狸貓的骨骸。對村人而言，吃狸貓，這可是一項禁忌。因此在這裡，狸貓也有墓；當時的小孩，一定是和這些狸貓一起玩耍，就像狗對於我們英國人一樣，狸貓，想必也是他們無可取代的朋友。」

聽帕克這麼一說，立川教授抬起頭，看著眼前的帕克。

「誠如你所言！你看這個。」

把陶壺碎片上沾著一個小小的圓形物體用鑷子夾起，立川教授把那個東西放進採集瓶，貼上標籤。

「這要拿去鑑識一下，我想應該是山葡萄的種子。」

把標本交給一位研究生，然後，立川教授拿來一片比較大的碎片。他的臉上浮出一抹笑，然後把碎片交給帕克。帕克拿起福爾摩斯愛用的放大鏡，貼著臉詳細看著。然後笑了出來。

「人類正在和狸貓一起跳舞呢！」

帕克帶著滿臉的笑意看著立川教授。

「在日本，到處都可以看到狸貓造型的陳設品。這個大概是始祖吧；像戴了面具的臉、大大的肚子、帶著酒瓶……到哪裡去看狸貓大概都是這個樣子。啊，是了，小時候……在英國，我養的狗也很愛喝啤酒呢，後來就喝出一個啤酒肚來了，很多人還以爲我養的是豬呢。我想這隻狸貓的酒瓶裡裝的，應該是山葡萄釀成的酒吧。」

就在這個時候，帕克的腦海中，浮起武人狸愛死了日本酒的那個模樣。帕克搖搖頭，把那個畫面甩開。接過那個碎片，立川教授看著帕克；然後，他把碎片交給其他的研究生。

「我有一個朋友，在很久以前撿到一隻沒有爸媽的小狸貓。後來那隻狸貓長大了，有一天晚上，我這朋友喝得爛醉回到家，突然想起『狸貓愛喝酒』這個傳說。他突然想要驗證這個傳說的眞假，所以他拿了一公升瓶裝的小酒壺，還有一個裝了酒的小碗，放在狸貓面前。這隻狸貓沒有兩三下就喝完了，所以他又重新把酒添滿，這隻狸貓又是一口氣喝完，醉得不成狸形。後來這隻狸貓就癱倒在地板上呼呼大睡，外加鼾聲嘹亮。到第二天早上，我這個朋友還想拿酒給牠喝，結果這隻狸貓發火了，狠狠地咬了他一口。我想，是不是因爲讓牠們喝酒，第二天會宿醉的緣故呢？」

那個藏頭藏尾的「朋友」就是我；帕克在內心裡咕噥著。

舉起那個裝有山葡萄子的採集瓶，微微傾斜一下，帕克開口說道：「果然，繩紋人是有飲酒習慣的……教授您應該也知道，關於這一點，學界向來有很大的歧意。依我看，繩紋人應該有喝酒的習慣，可能不是全部，但部分繩紋人應該偷偷地釀酒，私底下偷偷地喝。不過，他們酒的原料不是米，而是山葡萄。也就是說，日本酒的始祖是葡萄酒。在神聖的儀式上可能會拿出來用，不過跟同樣是需要葡萄酒的天主教彌撒又不盡相同。」

「原來如此；其實，日本的重要祭典儀式裡，也是離不開酒的。」

「或許，在儀式裡，藉助酒精的力量，可以改變現場的氣氛與感覺。對古代的繩紋人而言，所謂『酒』，應該是一種特別的『神秘之水』吧。」

然後，帕克看向那隻大狸貓的骨骸。「我想，這隻大狸貓應該和我一樣，是個千杯不醉的大酒鬼吧。」

聽見帕克這麼一說，在場的衆人都笑了。

那天晚上，在場衆人一起在大帳篷裡，以將亡者骨骸置放於骨罈當中的習俗作爲起點，圍著桌子聊起天來。帕克很好奇，這樣的習俗是從什麼時候開始的。

「一般認爲，這習俗是從繩紋時期開始的。這樣的認知，現在已經是通論了。」立川教授說。「也就是說，大概從西元前三千七百年前開始，孩童的骨骸就已經被裝入甕型陶器中埋葬。而在西元前二千年以後，成人的遺骸也開始被裝入陶甕裡埋葬了。這樣的埋葬形式，被稱爲『甕棺墓』。他們會先把遺體埋到土裡，使其腐化，等到只剩骨頭以後，再把骨頭納入甕棺當中，另行埋葬。」

「沖繩現在還有這個習俗哪。」

「是。」

「環狀列石呢？」帕克開口問道。「這在歐洲，或是凱爾特這地方是很常見的東西，但是，在這裡呢？」

「我說過，日本也有兩、三處地方有這個環狀列石。但是像狸丘這裡這麼漂亮的東西，我還是第一次看到。」

「那個面具呢？是在『交靈』的儀式中使用的嗎？」

「我想應該是的。」

帕克的眼睛閃耀著光輝，整個人探出桌子。

「這樣說起來，我們不是釐清了好幾個狸貓傳說的由來嗎？傳說中狸貓會變身，會化成人，這一點可以從巫師的『交靈』儀式來解釋，對吧？再說，被稱爲『森林子民』的世界各地原住民，他們之間其實也有很多共通點。比如說，巫師會改變他們的形體，使自己能夠自由地出入靈魂世界。以歐洲爲例，妖精、小矮人、小鬼等，都可以說是相關傳說的代表囉。」

立川教授與學生都點了點頭。

「另外，這些被稱爲『森林子民』的原住民，他們的身材多半相當矮小。他們有本事忽然從人前消失，也很有欺騙人們眼睛的本領。除此之外，他們的性格開朗，笑聲往往可以傳遍整個森林，他們也很喜歡舞蹈與音樂，我想，繩紋人一定也是這樣的。然而，這些與大自然爲伍，心胸開闊的繩紋人，當他們碰到外來的人時，是會很困惑，很緊張的……或許，他們也很害怕這些外來者也說不定。對他們來說，會種植稻米、會使用鐵器、會飼養馬與牛的『彌生人』說不定就像是『奇蹟之民』一樣。」

在這個時候，一個戴著眼鏡的女學生開口說：

「在狩獵時，模仿動物或鳥類動作的這種習慣，其實並不罕見。世界各地都有……兩年前，我曾經在東京觀賞到澳洲土著（Aborigine）的舞蹈，那眞的是太棒了！」

「沒錯，我也曾經有機會和加拿大克里族印第安人（Cree）接觸；根據他們的說法，如果要讓狩獵成功，那麼，淨化自己所獵捕到的獵物靈魂，則是首先要務。他們認爲，既然已經奪走這些動物的生命了，就該解放牠們的靈魂。」

在挖掘遺址的過程中，這樣的對話常常出現。而藉由這次機會，帕克也能與前來訪查現場的學者、相關人士交換意見。電視台也以狸丘繩紋遺址，以及因著這個遺址所引起的政爭爲主題，製作了長達一小時的紀錄片，並以超高解析畫質播放。紀錄片的結尾，是遺址挖掘工程第一階段的收尾。立川教授站在鏡頭前解說，帕克則站在一旁看著他。立川教授的說明，談到了幼小巫女墓的相關發現——繩紋時期的甕型陶器在此出土，裡頭並納有先人遺骨。由於挖掘結束後，這個墓便被還原了，因此記錄片拍攝的時候，石板已經都鋪回原處，採用的是挖掘時所拍攝的照片。在攝影時，現場還再次特意捻香致意。

帕克雖然可以理解立川教授所解釋的那些知識，但是，他卻怎麼也想不通，爲什麼立川教授要刻意避開大狸貓的墓地不提。攝影結束以後，他終於開了口。

「教授，您爲什麼不談那個狸貓的墓穴呢？」

「你是說葡萄酒甕上的繪圖吧？那些狸貓故事？」

「不，我是說那個大狸貓的骨骸。在那個巫女墓的旁邊，不是還有一座狸貓墓嗎？」

立川教授露出一臉驚訝的表情。

「確實是發現了兩具遺骸不是嗎？您不是說少女與狸貓應該是在同一年去世的嗎？」

看著眼前越說越過火的帕克，立川教授則是迷糊了起來，「你在說什麼？我完全聽不懂。」他搖搖頭，冷淡地說。

帕克仍目不轉睛地盯著他。

「教授，那個時候我也在那裡！我們不是一起計量骨頭的尺寸嗎？旁邊還有一大堆研究生啊！你還拍了照片不是嗎？那隻大狸貓啊！那隻戴了面具的大狸貓啊！」

立川教授搖搖頭。「你是不是喝多了？」他說。帕克聞言，只能張著嘴，連聲音都發不出來。

「您真的不記得了？少女墓旁的狸貓墓穴？」

「在那裡出土的只有葡萄酒的酒甕、山葡萄的種子，還有破損陶壺的碎片。只有這樣而已，不信你可以去問學生，或是去翻他們的考古日誌、相片。你一看就知道了，裡頭根本都沒提到狸貓啊。」

無法接受立川教授的說法，帕克去查閱了學生們所寫的日誌。令他驚訝的是，一如立川教授所言，日誌裡真的沒有記載任何有關狸貓的紀錄！混蛋，怎麼可能有這種蠢事？當時我明明看到了啊！

一個人走到環狀列石區，拿著一瓶威士忌，兩個杯子。帕克先倒了一杯威士忌，放在覆蓋住墳墓的石板上。他倒了另一杯威士忌，一口喝乾。

「我真搞不懂，這到底是怎麼回事。」

帕克喃喃自語。

這時，三隻烏鴉飛過，畫出一個弧形，接著又飛回來，隨意地歇息在樹木枝幹上，銀灰色的天空，逐漸染上了粉紅色。夜晚的寒氣逐漸靠攏了過來，刺激著帕克的皮膚。又喝下兩、三杯純麥威士忌，帕克盯著眼前這三隻烏鴉瞧。

「嘎！」其中一隻叫。

「嘎！嘎！」另外一隻跟著叫。

「嘎、嘎、嘎——！」

就在最後一隻開口應和後，這三隻烏鴉就飛離了。

帕克一個人坐在原地，想起他的好友，武人六衛門。沉浸在思緒裡，天色漸暗的黃昏中，他看到樹林裡，出現了一頭野獸。圓滾滾的體型，叢密的褐毛。在那四隻短腿下，有一個大肚腩，幾乎要磨蹭到地面了。毛茸茸的尾巴，配上活像是盜賊面罩的黑眼圈，那雙純黑的眼瞳，看起來就像念珠一般閃閃發光。帕克不由自主地站起身；那隻狸貓慢慢地走向他，然後在他的前方停下腳步。這一人一獸對視二十秒後，狸貓便轉過身去，循原路離開。

「狸丘……狸貓的……山丘嗎。」帕克怔怔地，喃喃自語著。

晚上，他回到家，一個人喝乾了一整瓶的威士忌，他很清楚，人們只會去相信自己想要相信的事。人心有如蚌殼，如果硬是想打開的話，只會越閉越緊而已。帕克知道，不論是立川教授，或是他的學生們，都是實在的老實人。他們會翻臉否認狸貓墓的存在嗎？是共謀還是大家都做了一場夢？若是這樣的話，他與武人狸、塔尼雅共度的那些日子，似乎也像是一個日漸遠去的夢。帕克已經弄不清楚哪個是夢，哪個才是現實了。他恐怕永遠也得不到這個答案吧，但是他知道，有一件事是眞的——那個墓穴，不可能再出現了。這天晚上，帕克喝得大醉。他甚至沒有上樓回臥房去睡；他一個人坐在起居間裡，睡著了。

在那之後，一家有名的雜誌社委託帕克爲飯田記者的照片寫一篇專欄。帕克寫道：

「……人類的發展是無可扼抑的。但是，我們一定要阻止自然繼續被破壞下去才行。就地球上的發展而言，農耕歷史是偉大的；從美索不達米亞開始，農耕行爲慢慢擴展到東方。人類把樹木砍掉，開闢農田，造就今日文明的基礎。然而隨著時代演變，產業革命的潮流到來。人類依舊在砍伐森林、犧牲自然、創造更美好的生活。但是現在呢？狸丘高爾夫球場的設置，對文明的發展有什麼幫助嗎？會讓人類過得更好嗎？沒有！如果我們只是爲了單純的『娛樂』砍伐森林，破壞自然，那根本就是自殺行爲！不，那是人類自己毀掉自己的肉體與精神！

要建造高爾夫球場或是滑雪場之類的娛樂設施，土地都是不可少的。這個時候，人類要的是好入手又便宜的土地，至於土地上是不是有人在哪裡生存了幾千年，沒有人會在意。事實上，土地原本的作用，就是要讓那美麗的生命生生不息，是繼續繁育自然的寶藏。我們說存錢、存錢，錢是什麼？如果人與人之間沒有共識，錢就只是幾張紙而已。但是那些建商、那些爲了要中飽私囊，無所不用其極的政客、那些目光短淺的人們，他們看到的就只有『錢』而已。爲了錢，他們連環境遭到破壞都不在乎。

這次的高爾夫球場建設計劃也是一樣。如果這個高爾夫球俱樂部眞的完成了，會去利用這個地方的只有極少數的『有錢人』而已。我不稱他們爲富人——因爲就算有錢，他們的心靈還是匱乏的。如果讓他們恣意而爲，被踐踏的，就是生活在這塊土地上，愛著這塊土地的人們。水源會被污染，大自然會離我們而去，動物們也會失去牠們的棲息地。但是，今天，透過這個遺址，歷史告訴了我們，接下來應該要如何往前走。

我們何不在這塊土地上，重現我們的歷史呢？讓我們建造一個『繩紋村』吧！我們當然不是要什麼都跟以前一樣。我們還是可以引入最新的科技，像是新式可以廢水利用的廁所、還有省電省能的措施，這些都是我們可以努力的目標。我們可以結合現代科技與繩紋人的智慧，調和大自然與人類之間的關係，狸丘可以成爲『森林之國日本』的象徵。讓這裡成爲一個有生命的博物館吧！我們可以去研究出土的植物種子與花粉，我們可以讓這個森林回復如同繩紋時期一般的綠意盎然。

我們可以讓樸實的『家』再現。大人與小孩肩並肩圍坐在地爐邊。影子在牆壁上跳動，我們可以盡情享受火光搖曳，與柴火燒裂的響聲。我們可以停下腳步，在那殘餘的火光邊，講述那遙遠的歷史故事。這裡的耆老，可以與過往的旅人談他們的故鄉，談他們聽過的家鄉傳奇。我們還可以設計野外活動課程，讓孩子們回到大自然裡。我們可以在狸丘這裡，復原一個繩紋村——一個宇宙無邊廣闊、大自然無邊無際的繩紋村！」

不久，帕克的理想成爲現實。以立川教授爲首，有許多與他志同道合的人都來到這裡，設立了一個買回狸丘土地的基金。在新市長的熱心支援下，幾年之後，「繩紋村」建立了。但是，一切都只是剛剛開始而已——這個工作還沒結束呢。接下來還要在這裡栽植喬木與灌木，一定得復原這個森林才行。也在這同時，綿密的考察與挖掘工作仍在進行中。

「這可是一個要花上五百年的計畫。」

在以稻草疊成屋頂的集會所裡，立川教授朗頌著開村宣言。

辭去了大學講師的職位，帕克成爲「繩紋村」的首任村長。每天，有如山一般高的工作追著他跑；他遇見了各式各樣的人，每天都過著充實而忙碌的生活。就任村長以後，他一有時間，就栽回他最喜歡的蛾類研究中。在他的努力下，很幸運地，蛾的數量也慢慢地增加。他也告別了過去沉醉在酒精裡的生活，現在就只是偶爾小酌而已。

好幾年以後，帕克的白髮變得顯眼了。他那一頭白髮，實在不輸給已經是揚名世界的立川教授。在這樣的辛苦生活中，他心裡的烏雲，也一點一點地被驅散了，而他與狸貓武人六衛門的冒險，也已經逐漸褪色，留在記憶裡的一角。那眞的曾經發生過嗎？

對了，狸丘的狸貓後來怎麼樣了？

憑藉著僅存的巢穴，狸丘的狸貓，總算是順利地繁殖起來，森林也因爲重新恢復生機，狸貓不怕沒有東西吃了。廚餘被拿去做成肥料，亂丟的人會受到嚴格的取締。野生狸貓也總算不會老去扒人類吃剩的東西，而把自己吃成一個大胖子了。牠們也習慣了人類的存在，偶爾還會從人類的手裡接過食物——僅限於小孩。

當孩子們圍在地爐邊，聽大人說著那些過往的事物聽到入神時，狸貓們也會成群結隊地來，在外頭再圍成一圈。孩子們並不會因此騷動，他們還是會乖乖地坐在原地。在這個時候，白髮蒼蒼的帕克村長會告訴孩子們「狸貓也喜歡聽故事呢」。

八月，一個皓月當空的夜晚，就在「繩紋村」著名的環狀列石

狸貓與村民們和平共舞，萬世太平。

邊，民族舞蹈團在這裡跳著傳統舞蹈，擊打太鼓。在火光的映照下，舞動的影子拉得長長的，在樹林枝椏間，自在地變換著身形。太鼓的響聲撼動著地面，就像是狸丘的生命鼓動。

不可思議的是，在火光之間，一隻大狸貓出現在眾人面前。誰都沒有驚聲尖叫；在月光下，這隻狸貓和著太鼓的節奏舞動，一邊擊打著牠的大肚腩。帕克村長聽說了，也只是笑了笑。

「一定是在狸丘森林裡，摘到了什麼奇怪的毒香菇吧。」某人這麼說。

「在這個狸丘的森林裡，什麼事都有可能發生啊。」

彼得・艾德華・帕克村長，最後做了這樣的結論。

後記

在我的故鄉英國，其實是沒有狸貓的。但是我很喜歡狸貓這種生物；我喜歡牠們毛茸茸的樣子、牠們棲息在洞穴裡的樣子。他們什麼都吃，是雜食性動物。老老實實的，連糞便都要堆在同一個地方。

當然，我也喜歡童話故事裡出現的狸貓。圓滾滾的肚子，喜歡惡作劇，會化身成人。動物會變化姿態，甚至是變化成人，進而去幫助人的故事，在原住民中被廣爲流傳。與狸貓相關的傳說，都是從古早以前就流傳下來的，就算是現在的狸貓，也都還會惡作劇。我的朋友，著作權代理人安藤先生，就是受害者之一。原因似乎是因爲我在好幾年前，把一隻喪親的可憐小狸貓託付給他的關係（他現在還養著那隻小狸貓）。

在那之前，我從來沒有收養照顧過喪親的小狸貓，或者是誤入陷阱而受傷的狸貓。當然，等牠們恢復、長大之後把牠們野放，這個我也沒有經驗。那時我只是覺得，剛出生就喪親的小狸貓實在是太可憐了。所以我才會在家裡養牠；可是我沒有想到，這小傢伙會這麼喜歡惡作劇；甚至會鑽進音響的喇叭裡，把那些配線通通咬斷。等到牠玩膩了，下一個倒楣的就是洗衣機。我那過世的愛犬，愛爾蘭獵犬梅根，曾經在我的介紹下與這隻小狸貓認識。沒想到一見面，牠就抓著梅根的鼻子不放。人家是狗耶，而且還比牠大上好幾倍；結果那隻小狸貓根本就不怕梅根。結果如何，也就可想而知了。那傢伙就是太聰明了，現在大概已經在森林裡子孫滿堂，沒事就抓著小鬼頭們，講述他從前的英勇事蹟吧。

在那之後，我有幸造訪四國，那個與狸貓千絲萬縷，拉扯不開的地方。在這裡，我又重新感受到了一次狸貓傳說，或是狸貓故事的多樣性。德島的飯原一夫先生、佐川洋一，你們辛苦了，謝謝你們用寶貴的時間帶我到處遊覽。我想在這裡，表達我的謝意。

然後——我要謝謝那幾千個曾經看過我寫狸貓故事的孩子們。

我們還會見面的。謝謝各位；想必當初的孩子們，現在都已經變成大人了吧。能夠以這樣的形式再相會，眞的是太好了。孩提時代的夢想，絕對不會成爲過往陳跡的。只要你想要，你還是可以與幼年時期的那些感動相遇的。偶爾像個孩子一樣地惡作劇也不錯啊，埋藏在你記憶裡的那些過往也會重新浮現喔。

最後，我要送給這本書的主角，武人狸的往昔好友，彼得．帕克一句話。讓我們舉杯，祝你永遠健康幸福。凱爾特人有一句老話——

「在惡魔知道你死去的前二十分鐘，你就已經上天堂啦！」

C.W.尼可

國家圖書館出版品預行編目資料

狸貓的報恩／C. W.尼可（C. W. Nicol）著；張維君譯，－－初版，－－台北市：高談文化，2006〔民95〕

面；16.5×21.5公分

ISBN-13：978-986-7101-36-5（平裝）

873.57 95016295

狸貓的報恩

作　者：C. W. 尼可（C.W. Nicol）
譯　者：張維君
插　畫：郭雅玲
發行人：賴任辰
社長兼總編輯：許麗雯
主　編：劉綺文
責　編：王珊華
美　編：陳玉芳
行銷總監：黃莉貞
行銷副理：黃馨慧
發　行：楊伯江
出　版：高談文化事業有限公司
地　址：台北市大安區10696忠孝東路四段341號11樓之三
電　話：（02）2740-3939
傳　真：（02）2777-1413
http://www.cultuspeak.com.tw
E-Mail：cultuspeak@cultuspeak.com.tw
郵撥帳號：19884182 高咏文化行銷事業有限公司
印　刷：卡樂彩色製版印刷有限公司
（02）2883-4213
總經銷：知己圖書股份有限公司
（台北公司）台北市羅斯福路二段95號4樓之三
電話：（02）2367-2044 傳真：（02）2363-5741
（台中公司）台中市407工業30路1號
電話：（04）2359-5819 傳真：（04）2359-5493
行政院新聞局出版事業登記證局版臺省業字第890號

2006年12月初版一刷
定價：新台幣330元整